化け物になろうオンライン

BECOME A BAKEMONO ONLINE

本日のメインディッシュは勇者一行です

~LET'S GO PHILIA~

蒼井茜

illustration 茨乃

もくじ

第1章 魔性の道へようこそ

BECOME A BAKEMONO ONLINE ~LET'S GO PHILIA~

朝7時、普段より早く目を覚ました私は朝食の準備をしていた。

今日は待ちに待ったアレの発売日だ。

あれこれと必要な工程を終えてからキッチンへ、逸《はや》る気持ちを抑えようとしているがどこかそわそわしてしまう。

落ち着くためにコーヒーを淹れてパンを2枚焼く。

チンッという音と共にオーブントースターに投入した食パンが香ばしい匂いを漂わせる。

甘美なそれは、寝起きの私に食欲を思い出させてくれた。

食べることは好き、だけど私の場合少し普通とは違うところがあるようだ。

いわゆるゲテモノ料理、外見から忌避されるようなものであろうとも躊躇《ためらい》なく食べることができる。

友人からは「あんたは無人島に漂着したら死人の肉でも食べられそうだよね」とまで言われた。

否定はしない、というかできない。

あまりいい思い出ではないが高校生の頃までは未知の味というものに興味があった。

その中には禁忌ともいえるカニバリズムへの興味も含まれる。

つまるところ私は食欲は人並みでも、食に対する好奇心は人並み外れていると言える。

まぁ社会人となった今ではそれらの興味も抑え込むことができるようになっているが、学生の頃の私は何かと荒れていた。

右手の指先に残る小さな、しかし消えることのない傷は血の味に興味を抱いた私が彫刻刀でつけたものだ。

結論から言ってしまえば血はあまり美味しくなかった。

その後怪我に気づいた両親に色々聞かれたが手を滑らせたということで落ち着いた。

けれどそれはあくまでも表向き、両親は私の趣向の一部くらいは把握していたはず。

どこかでわざとやったのだろうと思われていたのは推測できる。

その時の表情を思い出すと今でも心苦しいが、そんなきっかけがあったからこそ更生できたと言っても過言ではない。

でもこの好奇心は抑えられているだけ、心の奥底では今も溶岩のように煮えたぎる思いがふつふつと溜まっていっている。

それを解消するべく私はフリーのジャーナリストになった。

基本はブログ収入、メルマガなども配信しているが一部のコアな顧客のおかげで仕事は上々。

私と同じような、しかし根底は違う変わり者が好きなスポンサーなんかもいるおかげで懐は温かい。

強《し》いて言うならばスポンサーのお眼鏡にかなうだけの珍品を取材する必要があるということくらいだろうか。

取材の対象は当然食事、国内外問わず珍味と言われるものは何でも食べた。

個人的にお気に入りなのは豚の睾丸《こうがん》だが、あれはなんだかんだで食べやすい部類だろう。

また一般的なものであれば生の羊肉なんかは非常に美味《おい》しい。

ゲテモノや珍味に興味があるとはいえ私の味覚は普通なのだから、美味しい物の方が好きというのは当たり前だと思う。

思うんだけど……周りからなかなか理解されないのが悲しいところ。

くぴくぴとコーヒーを飲みながらパンにチーズとハムを載せて軽く人口調味料を振りかけたそれに齧《かじ》りつく。

うん美味しい、人口調味料の類は体に悪いと言われるけれど正直そんなのはどうでもいい。

美味しいは正義だから。

そんなことを考えているとベッドルームからピーという電子音が響いた。

一瞬の停滞、思考の放棄と言うべきか。

どちらにせよ私が今できるのは口の中のものをコーヒーで流し込み……。

「朝飯食ってる場合じゃねえ！」

空になったマグカップを流し台にぶん投げることだった。

口の中の苦みも、ガシャンという愛用のマグカップが無残な姿になったであろう音も、もう1枚残っている食パンも、すべてがどうでもいい。

今重要なのはそこではなく、電子音の正体。

一家に1台、バーチャルオンラインツールベッド、通称VOTベッドに駆け寄った私は外につけられたコンソールから電子音の正体を確認する。

2135年現在、既に人類は通勤通学といった不便から解放された。

バーチャルオンラインツールのおかげで外に出る必要はなく、仕事も仮想アバターを通した電脳会議、食事は自分で作る必要があるし、ある程度のものは自分の足で販売店に行かなければならないけれどそれも週に一度くらいで十分。

金持ちの中には自動で食事を作ってくれる機械なんかも持っているらしい。

私も取材の一環で食べたことあるけど、妙に味気なかったのを覚えてる。

それはともかくとして、このVOTは学業や仕事以外での使い道がたくさんある。

例えばオンラインショップでの試着だったり、個人シアターのような使い方、他にも男性なんかは夜のお店で遊んだりといろいろあるが最大の目玉は五感を完全再現したゲームにある。

完全再現といっても触覚、ともすれば痛覚の方は行き過ぎると危険ということもありある程度セーブされているがモノ好きはその痛覚遮断システムをオフにしていることもある。

それが原因で命を落としたり、ショック症状による幻肢痛などに悩まされるものが増えたことで現在世間に出回っているものは痛覚遮断システムをオフにすることはできないけれど、味覚や嗅覚は完全。

いや、それ以上に再現されている。

私はこのVOTを使ったゲームが大好きだ。

未知の味というものをこれでもかというほど味わうことができる。

安っぽいゲームでは適当な味覚プログラムを使っているが、本格的なものでは化学遺伝子やらなんやらをもとにして味覚再現を行っているらしい。

つまり実在しない動物や、絶滅した存在、そういった生物の味を自らの舌で味わうことができる。

……昨日食べたドラゴンのステーキは美味しかったなぁ。

じゃなくて、ともかく今重要なのはダウンロードを終えたゲームにある。

今世紀最大の問題児とまで言われたゲーム、古今東西あらゆる生物の情報に始まり、伝説上の存在やゲームのモンスターなどを独自のシステムで解析したことで五感エンジンをフルに活用できるそれは私にとって未知の味を教えてくれる救世主のような存在だ。

いかんせん私のブログや記事には食レポよりもゲーム攻略を見たいという人が集まっている傾向が強い。

VOTゲームの食事風景を撮影することが多いからだと思うけれど、ともかく私はこれからそのゲームに挑む。

タイトルからして問題があること間違いなしの『化け物になろうオンライン』に！

ログインすると同時に流れ出した映像、私が立っていたのは広い草原だった。

「ウォオオオオオオオ！」


雄叫びが響く、視線を向ければ剣を持った兵士、あるいはゲーム的に言う冒険者だろうか。

ともあれ武装した者達がこちらに向かってくるのが見え、咄嗟《とっさ》に拳を構えて臨戦態勢をとる。

だが彼らは私の身体が存在しないかのようにすり抜けていき、そして爆散した。

爆発の先に見えるのは異形の怪物たち、二足歩行の狼、大空を羽ばたくドラゴン、人間離れした美貌の女性、人間ではありえない姿の者達を相手に兵士達も戦意を喪失することなく突撃していく。

だが悲しいかな、圧倒的な力の前に多勢の力などたかが知れている。

数千の兵士を集めたところで、爆弾1つで全滅しかねない戦場。

ゲームだからこその魔法という存在がそれを証明していた。

緊迫した空気の中化け物の軍勢からピリリとした空気を感じ、そして同様の感覚が人間側からも発せられる。

先に現れたのは全身を闇に覆われた人型の何か、人間の背後から出てきて一切の攻撃をしていないのを見るに化け物と敵対しているのだろうか。

対して化け物側から現れたのは全身の毛が逆立つような嫌悪感、そして途方もない絶望感を感じさせる巨大な闇。

それ以外に表現できる術《すべ》はなく、ただ黒い霧のようなものがゆっくりと歩み寄ってくる。

一触即発の空気、2人の距離は既に拳が届く……どころか既にふれているのではないかという距離だ。

黒い霧のせいでよくわからないがまるで友人と握手でもするような距離。

事の成り行きを見守っていた傍観者の私だったが、ここで変化に気づいた。見られている。

今まで他の化け物や兵士には見向きもされなかった、感知すらされていなかった私がこの2人には知覚されているのだ。

ゆっくりと、こちらに近づいてくる2人。

システム的な物だろう、身体が動かない。

そのまま、2つの闇が私に手を伸ばし、まるで溶け込むように私の中に入ってきたのがわかった。

そして理解する。

いや、させられたと言うべきか、空にでかでかと映し出された『化け物になろうオンライン』というタイトル。

……OP演出にしても悪趣味でしょこれは！

ともかく、ニューゲームでスタート！


化け物になろうオンライン、その名の通りプレイヤーは人外となる。

それもただの人外、過去のVRMMOでよくある獣人やドワーフ、エルフなどではない。

世界に存在するありとあらゆるモンスターや伝説上の生物、実在する動物や昆虫、はては微生物まで。

それらの特徴をその身に宿すことができる。

それはつまり、どんな存在でも食べられるということだ！

「くふふ……未知の味……ひひひ」

おっと涎が……とりあえずベッドに横たわってツールを起動。

【登録者確認、伊皿木《イサラギ》刹那《セツナ》と照合。ツール起動、おはようございます】

「おはよう、システム起動化け物になろうオンライン」

【システム起動開始。オンラインモードに入ります。登録者の身体に異常が発生した場合はすぐに通報されるようになっております。確認を】

「確認、問題ないよ」

【確認を得ました。ではよいオンライン生活を】

ツールの人工的な声を耳に残しながら一瞬の浮遊感を抱き、バーチャル空間へと降り立つ。

何度も見てきたけれど、この空間もまた面白い。

色々なアプリなどを起動できる旧ＰＣで言うところのデスクトップ画面だが、あらかじめ設定したかいもあって目的のバーチャル空間へと切り替わった。

【化け物になろうオンラインへようこそ。ここではキャラメイクを行います。説明を聞きますか？】

「はい！」

【かしこまりました、化け物になろうオンラインはあらゆる存在になることができるゲームです。

初期ポイントは一律100、ですが種族固有のデメリットを付与することでポイントを増やすことができます。ただしあまり人の姿とかけ離れたものになろうとすれば大量のポイントが必要になり、また動作も難しくなるとお考えください】

これはスライムのような不定形の存在になろうとした時に10ポイントの支払いが必要となる。デメリットをなくせば10ポイントそのまま支払う、しかしあえてデメリットを付与することで使用したポイントを取り返すどころかそれ以上を得ることもできる。

ただしスライムのような弱小モンスターでは得られるデメリットというのが少ないため、せいぜいが数ポイント分のアドバンテージにしかならない。

また同じような弱小モンスターでもゾンビのような弱点の塊みたいな存在であればデメリットによって得られるポイントは跳ね上がるし、逆にドラゴンみたいな無茶苦茶強い種族ならばデメリットで還元されるポイントは少なくなるということだ。

【このゲームはステータスが存在しません。正確にいうのであればステータスという概念すべてが隠しステータスという扱いになっているとお考えください。ゲーム中にステータス画面を確認することはできますが表示されるのは現在のレベル、次のレベルまでに必要な経験値、所持スキルのみです】

ほほう、これは面白い。

現在主流のゲームとはまったく別方向だ。

最近人気のゲームでは王道なＲＰＧ型が流行っていたが、その波の中でも異質だ。

【ゲーム内チャット、掲示板などを利用する場合は安全な場所か、少なくとも戦闘中以外をお勧めします。基本的にデスペナルティはレベル20までありません。21以降は種族に応じてデメリット増加と経験値取得量低下となっています】

「ヘルプ機能、種族特性の追加できる?」

【ヘルプ機能を確認、回答します。種族特性は後天的に取り込めるものとキャラメイク中にしか取得できないものがあります。ただしキャラメイクに関してはレベル10に到達するまでならば何回でもやり直すことができます。レベル10に至っても追加料金の支払いでキャラメイクをやり直すことが可能ですがレベル20以降は追加料金によるキャラメイクを行うたびにレベルが10になりデスペナルティと同等のバッドステータスが72時間付与されます】

なるほど、レベル10が一区切りと考えるべきね。

それまでに自分に合ったプレイスタイルを見つけろということ。

でもまぁ、私の場合ある程度考えてあるから大丈夫か。

問題はレベル20以降の種族変更ね……72時間ということは3日間ろくに冒険できないということ。

それまでにお金をためたりしていたらやれることも多いかもしれないけれど、それなら種族を変えないか、どうしてもというならサブキャラでも作ってしまえばいいんだけど……なにかあるのかしら。

【説明を再開します、ゲーム内でレベルが20を超えるとプレイヤーからドロップアイテムが発生します。例えばスライムとゾンビを掛け合わせたプレイヤーからはスライムの粘液、腐った肉、腐臭のする骨が通常ドロップ。スライムの核、腐臭のする頭骨、溶けた内臓がレアドロップとして取得できます。これらはプレイヤー同士の戦闘で相手を殺害した時のみ発生します。代わりに所持品や装備のドロップはありません、1つ注意点を挙げるならば高ポイントを必要とする種族ほど良いアイテムをドロップするためレベルが一定値を超えると対人戦の発生率が上がります。特にレベルが高くなればなるほどドロップアイテムの品質が上がりますのでご注意ください】

ほほう、プレイヤーからアイテムがドロップするのか。

そして高ポイントキャラほど狙われやすい……それは面白いわね。

おそらくだけどキャラメイクで使ったポイント量というのはある種の暴力、1ポイントも使わなかったプレイヤーと500ポイントつぎ込んだプレイヤーでは地力が違う。

ということは、プレイヤー相手にレイドバトルが発生することもあるのね。

問題があるとすれば高ポイントプレイヤーはいざとなったら逃げるという選択肢があるという部分だけど、それを妨害するのもレイドの醍醐味といったところかしら。

……私の構想キャラだと結構な頻度で狙われそうね。

それに品質、アイテムそのものに品質があるというのであればそこから作れる武器や防具の出来栄えにもかかわってくる。

ゲームの最前線で遊ぶ、いわゆる攻略組や検証班といった部類の人たちはいろいろ欲しがりそうね……あれ？

「ヘルプ機能、それって特定の人物がデスペナ受けてる間集中砲火されることもあるんじゃないの?」

【ヘルプ機能を確認、回答します。プレイヤーの方々がデスペナルティを受けている間はアイテムドロップが発生しません。またマスクデータですがカルマ値という物が存在し、デスペナルティ中や中立地帯や安全地帯にいるプレイヤーを攻撃した人物のカルマ値が低下します。また特定の方法以外でデスペナルティの時間を延ばす、あるいは重くすることはできません】

なるほど、そのあたりはしっかりしているのね。

だとしたら弱ってるときは洞窟に隠れなきゃいけないなんてこともないのね、よかったわ。

【ただしデスペナルティを受けている間にダンジョンや戦闘エリアにいるプレイヤーからは通常通りアイテムがドロップします。またカルマ値の低下もありません。しかし全プレイヤーの行動をAIが監視していますので無理やり連れだすような行為をした場合は処罰対象となる可能性がありますのでご注意ください】

うわこわっ、でも悪質なプレイヤーにはそのくらいやらなきゃいけないのか……な?

まぁ私には関係のない話かな、そんなプレイするつもりもないし。

とりあえずしばらくは食い倒れになるでしょ。

【ほかに質問がなければキャラメイクに移ります。まずプレイヤーネームを入力してください】

「フィリアで」

【プレイヤーネーム、フィリアを確認。入力完了。続けて性別、年齢、肉体の情報を取得します。許可を】

「許可します」

【許可を確認、ロード中】

これはVOTを通して私の性別とかそういうのを確認している。

肉体の情報というのは端的に言えば病気とかないかの確認。

一部のゲームは心臓に悪かったりするからね、そういう時のために運営側がフィードバックを緩和してくれたりする。

【ロード完了。では最後に種族の作成に入ります】

その言葉と共に眼前に私の虚像が現れる。

これをベースに色々変えていけということだろう。

ネカマやネナベが珍しくない時代に性別固定なのかと思ったけれど、性器とかもいじれるみたいだ。

まぁ全年齢対象だからNPCの反応が変わるくらいしか効果はないだろう。

あるいは選べる種族に少し違いが出るくらいか。

えーと、とりあえず私が選ぶのは捕食者側の種族。

まずはベースを吸血鬼に、これで血が飲み放題だ！

使用ポイントは90……やはり強力な種族はそれだけでポイントが大きいな……。

デメリットは結構な量があるけど、まず主食血液というのは除外。

これは血液以外口にできない、あるいはできても美味しいと感じなくなるというデメリット。

私のプレイスタイルには合わない。

次に銀に弱い、これは取得……ん？　デメリットレベル？

「ヘルプ機能、デメリットレベル」

【ヘルプ機能を確認、回答します。デメリットレベルは文字通りデメリットのレベルです。これが高いほど弱点として致命的になります。その代わり得られるポイントが増加します】

なるほど、じゃあとりあえず最大レベルの10で。

これで銀に弱いがレベル10になった。

多分銀に触れただけでＨＰの大半が持ってかれるんだろうな……。

まぁいいや食べないし。

次に川を渡れないとか、招かれなければ家に入れないというのがあるけど……これもなしでいいかな。

前者はともかくとして後者はレストランとかにも入れなくなりそうだから。

あ、でもこの聖属性に弱いはレベル10で取得。

属性なんか食べられないからどうでもいい。

聖水に弱い……ちょっと悩むけれどこれもレベル10で取得。

弱点といっても食べられないわけじゃないから、聖水使った料理を食べたら死ぬだけだから問題なし。

それから木の杭で心臓を貫かれた場合デスペナルティ2倍も取得。

これはデメリットレベルがなかったから固定なんだろうな。

えーとこれで残りポイントは……82か。

どうしようかな、他になんかないか……あ、太陽光に弱いと炎属性に弱いと水属性に弱いがある。

全部レベル10で取得。

雨天ダメージというのもあるからこれもレベル10で取得して残りポイントが162になった。

ふむふむ、弱点属性関連はレベル10にすると20ポイント入るわけだ。

よし次、人狼を取得。

この種族は生肉でも食べられるからね、最初から取得を考えていた。

必要ポイントは50、残り112か……余ったら適当なデメリット消そう。

まず吸血鬼同様に持っていた銀に弱いを10に上げて、次に武器を持てないを選択。

魔法と爪と牙で戦うつもりだし、武器はなくてもいいかなと思っていたから。

他のゲームじゃ剣士とかよりも武闘家の方が得意だったのもあるからね。

それより銀に弱いがレベル20か……触れただけで蒸発とかしないよね。

それはさておき、これでポイントが142になった。

次に取得するのがネクロマンサー。

必要ポイントは80。

これは食事のためというよりも戦闘のために選んだ。

相手が5割以上肉体を残した状態で撃破した場合、スキルを行使することでアンデッドとして蘇らせて戦うことができるのが魅力。

なおこの種族の最大の問題はデメリットが少ないということ。

いいことじゃないかと思われるかもしれないけれど、化けオンはデメリットの積み重ねと共にいろんな種族特性を得ることで自分に合ったキャラクターを作ることだから、キャラクリ勢の多いこのゲームではデメリットだろう。

とりあえず銀に弱いと聖属性に弱いをそれぞれレベル10で取得。

残り102ポイント……うんこの調子ならあれもいけるかな。

夢魔、必要ポイントは60。

相手を眠らせる魔法と、夢から夢へと移動する魔法、それと相手の夢を食べることで傷をいやす魔法が使えるからね。

夢ってどんな味がするんだろ……。

デメリットの銀と聖属性は相変わらず10レベル。

うーん、この魔法を悪用すれば吸血鬼の川を越えられないも取得しちゃっていいかな。

でも面倒だしいいや、次に狙っていたのはドライアド。

いわゆる樹木の精霊で必要ポイントはなんとお手頃な20。

精霊系は運営の善意と悪意が入り混じった存在なのよね……取得できるデメリットの数が多いのにリーズナブル。

だけど事前情報で入手してたけど木と炎の精霊で火に弱いデメリットをつけたら自分自身の炎で

ダメージ受けて死んだというβプレイヤーがいたから。

つまり私は水と炎と光の精霊関連は取得するだけで詰みね。

でもこれは単にポイントを増やしたいという理由ではなくて植物を操っての拘束スキル。

ほら、食べるのに暴れられても困るから。

あと光合成ができるらしい。

光の味ってどんななんだろ……あ、でも私吸血鬼だから太陽光に弱いんだった。

まぁなんとかなるでしょ。

で、デメリットは火に弱いを10レベルで取得。

他にある実体に触れられないとかは全部拒否。

だってねぇ……食事ができないとか意味がないもん。

残りは82ポイント……何にしようかしらね。

あ、そうだ。

「ヘルプ機能、ポイントの使い道」

【ヘルプ機能を確認、回答します。ポイントはキャラクリエイトのみで使用可能です。超過分はゲーム内通貨として1ポイント1000ルルに換金されます】

なるほどお金が増える。

でもなぁ8万2千……えーとルルだっけ。

そんなにあっても多分最初は使い道ないし、普通にキャラクターを作るほうがいいわね。

じゃあ……踊り食いしたいわね。

水中適正の高い人魚を取得、40ポイント。

弱点は火に弱い10と、捕食された場合にデメリット2倍と敵に狙われやすいを取得。

あらポイント増えて86ポイントになったわ。

うれしい誤算と言うべきかしら。

次に空も飛びたいから……いろいろあるわね、飛べる種族。

それにほとんどの種族が選べるけれど……1つ気になるのが取得に必要なポイントが200の悪魔ね。

魔法と素手の攻撃に重点を置いているうえに空も飛べる。

うん、私のプレイスタイルに合っている。

なにより気になるのが悪魔の種類が選べるということ。

強欲の悪魔とか、嫉妬の悪魔とか。

その中でも最上級に気になるのは暴食の悪魔よ！

これは何が何でも取得しなければ……。

まず選択はできる。

でもポイントが赤文字になってマイナス表記になった。

ここからデメリットを追加していくわけだけれど……銀、聖属性に弱いは10ずつ。

これで残り必要ポイントは74ポイント。

聖水に弱いも10で取得して、食事ゲージの減衰率上昇……つまりお腹がすきやすくなるのも取得。

残り42ポイント必要か……。

なにかあったかしら。

あ、ドライアドの毒に弱いを10で取得して残り22ポイント。

人魚の槍に弱いを10で取得して残り2ポイント……微妙に足りないわね。

「ヘルプ機能、ポイントのマイナス」

【ヘルプ機能を確認、回答します。ポイントがマイナスの場合初期の所持金や装備を代償にマイナス分を埋めることができます】

ほうほう、2ポイント程度なら大したことないでしょ。

じゃあこれで決定！


決定ボタンを押した瞬間、私の虚像がごきごきと音を立て始めた。

うーん、外見的にはあまり変化は見られないわね。

あ、でも背中から悪魔の翼生えた。

額に目がついているし、腰から木のつたが生えてる。

おぉ、爪と牙が伸びて髪の色が抜けていく……眼も真っ赤に染まって……アルビノっていうのかしら。

あ、腕に鱗がついてる。

へぇ……尻尾も生えてきた。

これ生え際どうなってるんだろ。

そうそう、それと全身にひび割れみたいな模様。

赤い線が走っているわね。

これは悪魔の影響かしら。

あ、また翼……んん？　これは蝙蝠《こうもり》っぽいからもしかして吸血鬼が関係しているとか？

とか思ってたらまた翼。

えーと、夢魔かしら。

強くなるのなら何でもいいかもね。

うーん、まぁ確かに化け物なんでしょうけれど人間性を残しているわね。

【キャラクリエイトが終わりました。変更したい点はありますか】

「うーん、なんか人間っぽいのよね」

【人間性についての発言を確認、回答します。レベルが上昇するごとに人間性は失われていきます。ただし人間離れした姿であればあるほどレベルは上がりにくくなります。またレベル20で覚える異形化のスキルで真の姿を発現することができるようになります】

「真の姿？」

【フィリア様の場合このような感じになります】

ぽんっと映し出されたのはタコのような竜のような人のような、そんな何とも言えない化け物だった。

うん、ＳＡＮチェック入ります。

問題なく回避、へーこうなるんだ。

【ただしこれは暫定的なものです。この先フィリア様がどのような変化を遂げるかによって形もまた変わってくることでしょう】

「そうなのね、じゃあこのままでいいわ」

【かしこまりました、他に質問などはありますでしょうか】

「ないわ。あったとしてもヘルプ機能でなんとかなるでしょ」

【ええ、ここで答えられることはヘルプ機能ですべて確認できます。では準備ができたら虚像に体を重ねてください。そうすることでゲームの世界に降り立つことができます】

ガイドに言われるまま虚像に体を重ねた。

するとシステムを起動したときのような浮遊感と共に、空に投げ出された。

「……は？」

そのまま落下、翼をいくら動かそうとも速度が落ちることはない。

そのまま地面に激突……と思ったけれど衝撃が私を襲うことはなかった。

うん、私は襲われなかったよ。

周囲にすごいクレーター出来てるけど。

「おぉ、新たな魔性なる者よ。よくぞ参られた」

「え、あ、はい」

「主の名を聞こう」

「フィリアです……」

「フィリアか、ではまずそなたのペナルティを支払ってもらうことにする」

あ、これペナルティイベントか。

そっかポイント超過分。

ということはこのおじいさん、ペナルティ用のＮＰＣね。

さっきのガイドと同じような存在ということかしら。

「何を捧げるか選ぶがよい」

「じゃあ初期装備のナイフを」

「うむ、次に何を捧げる」

「え？　えっと……」

慌ててアイテムを確認する。

確か初期アイテムはナイフと回復アイテムがいくつか。

それからお金が1万ルルだったわね。

「じゃあ初級ポーションを……いくつ必要？」

「初級ポーションならば10個必要じゃ」

「う、足りない……」

インベントリには初級ポーションが5個入っている。

「の、残りはルルで支払いというのは？」

「では初級ポーション5個と5000ルルいただこう」

「はい……」

参ったわね、最初から一文無しになるかお金半分と回復なしかを選べと言われてるわ。

まぁいいか、なんとかなるでしょ。

インベントリから実体化させた初級ポーションとお金を差し出す。

「うむ、たしかに。ではここからチュートリアルクエストを開始する」

「はい！」

よしよし、これで2ポイント分の超過はどうにか返せたみたいね。

けどこれ、初期装備で賄えない分の超過はどうなるのかしら。

検証班とかいたら調べるのかもしれないわね。

「この道をまっすぐ進めば始まりの町に着く。その道中闇に堕ちた魔性の者が現れるであろう。それらを倒しながら進むがよい」

なるほど、移動と戦闘に関するチュートリアルというところね。

望むところだわ……パパッとモンスターを倒して始まりの町とやらへ行ってみようじゃないの！

【魔性の道へ】化けオン総合掲示板4【ようこそ】

106：名無しの化け物
あーキャラクリ大変なんじゃ！

107：名無しの化け物
キャラクリだけで1時間は余裕だな
俺は聖属性特化にしたけどお前らは？

108：名無しの化け物
俺は物理攻撃無効型
ただし魔法にクッソ弱い

109：名無しの化け物
お、ペナルティエリアに向けて落ちてくるプレイヤー見っけ
どの程度のペナルティだろうな

110：名無しの化け物

俺は雷攻撃特化のドラゴン、ロマン詰め合わせセット

＞＞１０９
まじかよ、このゲームペナルティかなり重いだろ
何選んだんだそいつ

１１１：名無しの化け物
＞＞１１０
ペナルティはその重さによるぞ
例えば1ポイントくらいなら金とポーションくらいでどうにかなる
けど10ポイント以上になってくると持ち物全部差し出しても足りないから経験値で補えって言われる
つまりしばらくレベルが上がらなくなる
……ん？　お前もしかして

１１２：名無しの化け物
はい

１１３：名無しの化け物

はいじゃないが

114：名無しの化け物
デメリット0で雷ドラゴンにしたらポイントが200超過して身ぐるみ引っぺがされた上にレベル50分の経験値を捧げることになりました……

115：名無しの化け物
悪いことは言わないからキャラクリやり直してデメリットに支払ったもの返してもらえ
ぶっちゃけデメリット0よりもレベル上がらないほうがつらいぞ
特にドラゴンみたいなでかいのは

116：名無しの化け物
そうなん？

117：名無しの化け物
チュートリアルでステータスの大半は隠しステータスになっているって言われただろ
あれ防御力とか攻撃力もなんだけど、βの奴らいわくその辺はちゃんとレベルアップで増加していくらしい

俺達が確認できないだけでな
そんでＨＰという概念は最初からないとかなんとか
致死ダメージくらったらあっさり死ぬ
人間型なら首はねられるとか、心臓貫かれるとか、頸動脈の辺り切られるだけでも死ぬ
つまりお前はこのままだと柔らかトカゲだ

１１８：名無しの化け物
と、とかげっすか……

１１９：名無しの化け物
的がでかいだけの何かだな
ドラゴンならタンクもできるんだが、紙装甲の壁なんて一瞬で溶けるだけだ
アタッカーにしても攻撃力が伸びないし、ＭＰ的なものも少ない
お前がやりたい雷攻撃も静電気くらいの威力しか出ない

１２０：名無しの化け物
キャラクリやり直してきます！

121：名無しの化け物
いてらー

122：名無しの化け物
しかしデメリット重ねすぎるのも痛いんだが……お前あえて言わなかったな？

123：名無しの化け物
その辺はレベル10までできるキャラクリのやり直しで自分に合ったの見つけるべきだからな

124：名無しの化け物
そりゃそうだ
でもデメリットレベルも罠だよなぁ

125：名無しの化け物
あれな、せいぜいが1・1倍が1・2倍になるようなもんだろと思ってたらレベル等倍なんだから

126：名無しの化け物
何人くらい教会で死ぬかな、聖属性弱点にしてデメリットレベル20にすると一歩足踏み入れた瞬間

に蒸発するんだよなあれ

127：名無しの化け物
さっきのドラゴンみたいなりだと教会に入ることもないからどうでもいいけどな
でも聖攻撃弱点にしすぎるりはやばいし、マジで罠多すぎるよなこのゲーム

第2章　ウェルカム化け物の世界へ

BECOME A BAKEMONO ONLINE ~LET'S GO PHILIA~

「うーん、まずい！」

もごもご口を動かしながらクエストで指定された道を歩く。

道中出てきたのは野生の狼、それを相手にしてみたところベースにした伝承が強力だったのもあって軽く撫でただけで首を落としてしまった。

流石吸血鬼、伝承盛られ過ぎてとんでもないパワーね。

ネクロマンサーの特性上5割以上肉体が残っていれば蘇生して手ごまにできるけれど、区分がね……頭部を始点に5割だったから首はねたらだめだった。

なので仕方なく狼の肉を食べている。

ドロップアイテムが狼の肉だった。

正直毛皮ドロップしたらどうしようと思っていたけど、味を知ることができたという意味で肉でよかったと思う。

生産職でもない限り毛皮とか使わないしね。

「筋っぽくて、硬くて、臭みが強い。前に中国で食べた犬とは比べ物にならないわね」

それでもしっかり咀嚼して飲み込む。

お残しはしない主義だし、なによりこれも私のブログに書くからだ。

狼の肉を食べる話が受けるのかと言われたら、ぶっちゃけものすごい反感食らう。

ただしそれは現実でやった場合であり、ゲームブログの攻略関連としてみるとまた違った意味を持ってくる。

例えばこのゲーム、空腹度という隠しパラメーターがある。

……隠し要素多すぎる気がするけれど、ともかくこの隠しパラメーターの減少は致命的だ。

空腹が行き過ぎればまず移動速度に制限がかかり最終的に動けなくなる。

そしてそのまま放置しているとＨＰ全損で死に戻り、βプレイヤーの中には食料調達に苦労したという人も結構いるみたいだった。

物を得られるか、よりも味を受け付けないという意味で。

現代人の舌は非常に肥えている。

その結果食料があったとしても、あまりの不味《まず》さに胃とかが受け付けないことがある。

その結果食料が目の前にあるのに餓死するということもあるのだ。

実際何人かのプレイヤーは始まりの町周辺でとれる獣肉が口に合わず、最終的には泣きながらＰＣショップでパンを買い占める羽目になったと聞いた。

……不味いけど食べられないほどじゃないんだけどなこれ。

あ、そうだスクショとっておこう。

ブログに載せるのに必要だし、えーとこれかな。

「うおっ」

ポンッと目の前に球体が現れる。

レンズのようなものがこちらを見つめているのでとりあえずポーズをとってみるとカシャリという音と共にスクリーンショットが保存されたと視界の端に映った。

ふむふむ、便利だなこれ。

「ねぇあんた動画とかもとれる？」

【可能です。写真撮影、動画撮影、動画配信全て承ります】

おぉダメもとで聞いてみたけど喋った。

便利だなぁ本当に。

「じゃあ私の後ろから動画撮影してて」

【かしこまりました、ステルスモードにて撮影します】

そういうと玉カメラはすうっと姿を消した。

代わりに視界の端にＲＥＣという文字が浮かび上がる。

ふむふむ、プレイの邪魔にならないようにこうして姿を消すわけか。

さっきのはわかりやすいように姿を見せていたわけだな。

うん、需要があるかわからないけれどこの動画もブログに載せよう。

あと動画配信サイトにも載せるか、広告収入が得られるし。

……だとしたら、少し挨拶とかしておくか。

「はーい、フィリアです。これから化け物になろうオンライン、通称化けオンの動画を撮影したいと思います！　現在はチュートリアルクエストをプレイ中。モンスターが闊歩する森を抜けて始まりの町へ行けというクエストです！」

こんなもんかな。

「それじゃあこのまま撮影を続けますね」

カメラ目線……といってもカメラがどこにあるのかわからないけれど、多分こっちだろうという方向に顔を向けて挨拶を済ませてからまた道を進む。

しかし……ずいぶんと長い道だな。

走るか、飛ぶか……せっかくのチュートリアルだしどっちもやっておくか。

まずランニング程度の速度で少し走ってみる。

ふむふむ、アバターのポテンシャルが高いのか軽いランニング程度でも結構速い。

それに疲れる感じはしない。

いいね、じゃあ今度は飛んでみよう。

背中の翼を動かして地面をける。

ふわりと、体が浮き上がるのを感じて目線を下に向ける。

おぉ……他のゲームでも飛んだことはあるけど、これまたずいぶんと心地いいなぁ。

そうだ、高度ってどれくらいまで行けるんだろ。

ちょうど木陰に隙間があるからそこを通ってみよう。

そう思ったのが悪かった。

ぼふっという音と共に森の上に出た瞬間だった。

「ふぎゃあああああああああ！」

太陽光に焼かれた。

そのまま墜落、ゴキュリという嫌な音と共に視界が暗転した。

「おぉ魔の者よ、死んでしまうとは情けない」

「は、え?」

「なんじゃ、死んだ自覚もないのか」

「死んだ……?」

「うむ、死因はステータス画面から死亡履歴を見ればわかるはずじゃぞ」

「はぁ……」

先ほどのペナルティ兼チュートリアルおじいさんの話を聞いてステータスを開いてみる。

そして死亡履歴という欄を開くとそこにはこう書かれていた。

【死亡：太陽光に焼かれながら首の骨を折った】

……えぇ?

確かに吸血鬼の弱点として太陽光レベル10をつけたけどさ……そんなに弱いの?

ちょっと試しに飛んでみよう。

まずは数cm……徐々に高度を上げて木々の隙間を抜けて、右腕を太陽光にさらしてみる。

「あづぁ！」

じゅっという音がしてすぐに腕を引き戻した。

だというのに太陽光にさらした右腕は炭化して真っ黒になっていた……えぇ？

「な、ならこれで……」

初期装備の袖で左腕を隠しながら太陽光にさらしてみる。

今度は問題なかったらしく左腕が火に焼かれることはなかった。

なるほど、太陽弱点というのは直射日光に当たらなければいいのか。

ならやりようはある。

森の中で何度か見かけた植物、大きい葉っぱと木の枝を使って簡単な傘を作る！

いろんなところに行くから取材先で覚えた工芸技術が火を噴くぜ！


……そう思っていた時期が私にもありました。

えーとね、ドライアドって樹木の精霊じゃない？

その……ね、私が草を摘んだり木を折ったりすると苦情が入るんですよ。

誰からって？

植物から。

それもただの苦情じゃない、人殺しだの化け物だの、罵倒が方々からすっ飛んでくるの。

「……はぁ」

おかげで傘を作るのにも一苦労だった。

最終的にお前ら全員食ってやろうかと脅したら静かになったけど、これから行く先々でこんなことしなきゃいけないのか……。

キャラクリミスったかな、でもまだチュートリアル終わっていないのに決めつけるのも早計だしなぁ……。

もうちょいやってみようかな。

とぼとぼと傘を持ちながら森を抜けるべく歩みを進める。

「ぐるぅるるるるる……」

「あ、狼だ」

しばらく進むと狼が出てきた。

んー感覚的にはさっき死んだ場所より少し進んだくらいかな。

傘を壊されるのも嫌なのでインベントリにしまってから構える。

今度は首を落とさないようにしないとなぁ……。

「がうっ！」

飛びかかってきた狼をじっくり観察する。

毛の色は灰色、牙が鋭くて大型犬並みの大きさ。

スピードもあるしあの体格ならパワーも申し分ないはず。

バニラ、と呼ばれる完全な人間状態で挑むと苦戦しそうな相手だけど……。

「ふっ」

爪を立てて手刀を狼の腹に突き刺す。

「ぎゃうっ」

そのまま地面にたたきつけて、内臓を潰し心臓を探す。

適当なゲームだと内臓までは再現されていないけれど、このゲームはしっかり再現されているらしい。

うん、踊り食い用に人魚とかとってよかったわ。

「死者呪転！」

狼の死亡を確認して光の粒子になっていくのを眺めながら叫ぶ。

ネクロマンサーの魔法系スキル、死者呪転。

自分の手で殺した相手を手ごまにするという技だ。

何かが体の内から抜けるような感触がした気がする。

……いつまでも狼に腕突っ込んでるのもあれだし引き抜いたら腕が血でべったり汚れていた。

ふむ。

「うぇ、なまぐさ！」

興味本位でなめてみたらものすごい不味かった。

具体的に言うとさっきの生肉の方がまだましだったくらいに不味い。

ただ飲めないほどじゃない。

すっぽんや蛇の生血に比べたらひどい物だけど、なれると癖になる感じがある。

「ふーむ、吸血鬼だからかな。でも人狼だからある種の共食い？　いやでもそれ言ったらドライアドなのに草木摘んでるしなぁ……」

いろいろ呟きながら狼の様子を確認する。

光は収まって数秒、どう動くかなと見ていたら元気そうに体を起こしておすわりの姿勢で待機を始めた。

いい子だわぁ……。

「よし、今からお前の名前はりりだ！」

せっかくなので命名、りり。

昔うちで飼っていた犬の名前。

あの子も随分長生きしたからなぁ、それにあやかってこの子も長生き……というのは変だけど長く一緒にいてほしいんだよね。

そんな思いを込めて名付けた。

「それじゃ行こうか、りり」

「わんっ」

ん？　わんて言った？

狼の鳴き声ってわんなの？

いやまぁなんでもいいけどさ、鳴き声なんて味に関係してこないから。

ともかくまずは森を抜けてしまおう。

そう考えて再び道を進み始めた。

そして歩き続けること数分。

ようやく森の出口が見えてきた。

このまま出たら太陽光で死に戻りするから日傘を取り出して一歩外へ……。

「よしっ」

急造したものだったけどどうにか日傘としての役目を果たしてくれたのか、スリップダメージを受けることなく森の外に出られた。

そして眼前に広がる草原、その中央に大きな町が見えた。

「あれが始まりの町ね……あ、日傘は太陽光弱点だからです。こうやって手を出すとね」

じゅっという音と共に右腕が蒸発した。

うん、もうなんか弱点抱えすぎててどうでもよくなってきたけどこれプレイに支障あるんじゃないかな。

3時間で昼と夜が入れ替わるらしいから夜は支障ないんだけどね。

「こんな風にダメージ受けます。というか蒸発ね、スリップダメージというか即死です」

後で動画を投稿することを考えて説明。

「デメリットレベルっていうのがあるけど、最大まで上げるとここまでダメージ受けるのよねぇ。

種族特性のおかげか頭が蒸発してもしばらくは生きていられるんだけれど、首の骨が折れるとかはダメみたい。アウトセーフのラインがよくわからないわ……」

動画は後で見直すとしても、さっきの死に戻りは普通に頭が蒸発していたと思う。

視界がなくなってたから頭頂部吹っ飛んだかな？

「ちなみにここまでに食べたのは狼の肉のみ。美味しくなかったけど調理したら変わるのかな、生産職でご飯作ってるプレイヤーさんいたら色々食べさせてもらおう」

まぁあの味だからどうなるかな……。

食べられないことはないくらいだと思うけど。

「じゃあ改めてしゅっぱーつ！」

元気を出しながら草原を歩く。

お、チュートリアルクエストの進行度が変わった。

さっきまで森を抜けろという表記だったのが草原を進めに変わっている。

ということはここで死んでも森の出口に戻されるのかな？

だとしてもこんなところで死ぬなんてありえないけどね！

だって見渡す限り草原にモンスターいないんだもん。

その代わりプレイヤーらしき人はちょいちょい見かける。

うーん、ここの草原は狩場なのかしらね。

それでモンスターが湧く速度を討伐する速度が上回っていると……。

だとしたらしばらくレベリングは難しそうね。

そんなことを考えていた私は気付くことができなかった。

すぐ近くでプレイヤーがウサギらしきモンスターと戦っていたこと。

そのプレイヤーが魔法系種族であったこと。

突進していったウサギに驚いてとっさに風の魔法を使ったこと。

それによって弾き飛ばされたウサギが、私の真上に降ってきたことを。

「え……？」

ようやく気が付いたのは日傘が無残な音を立てて潰れていったとき。

直射日光が私の体を焼き、視界が暗転して森の出口でしばらく呆然として、いろいろ理解してからだった。

……傘、作り直さなきゃね。


再び植物の悲鳴を聞きながら作り上げた日傘を手に草原を行くこと数分。

また晴れのちモンスターなんてことにならないように気を付けながらも、どうにか町にたどり着くことができた。

ちなみに一度はぐれたりりだけど、私のリスポーン地点が森の出口に変更されていたことですぐに合流できた。

いやぁ、一時はどうなることかと思ったよ。

実際りりの外見はもろにモンスターだから、途中でプレイヤーに襲われたら大変なことになっていたかもしれないしね。

とか思っていた時期が私にもありました。

「止まれ！」

今、私は町の入り口で衛兵らしき人に囲まれています。

「あの、なんでしょう」

「貴様が邪悪な魔の物であることはわかっている！」

「は、はぁ……」

「同胞である魔の物を手にかけるような者を町に入れるわけにはいかない！」

「え？」

「貴様の頭上に輝く赤い印がその証だ！」

自分では見えないけど、どうやら私はレッドプレイヤーらしい。

レッドプレイヤーというのは基本的にＰＫ、プレイヤーキルなどの同族殺しをしたプレイヤーを指す。

けどおかしいな、私プレイヤーなんて倒したっけ？

「えっと、ちょっと待ってくださいね？」

とりあえずいろいろ確認しよう。

まずステータスから戦闘ログを……いや、レベルが2つ上がってる？

んん？　傘作って、降ってきたモンスターに殺されて、傘作り直したくらいだよね。

あと狼何匹か。

オンゲってもっとレベル上がりにくいはずなんだけど、低レベルだからこんなに早く上がったのかな？

「あ……」

そんなことを考えていたら見つけてしまった。

【使い魔がプレイヤー：アルスを殺害しました】というログ。

それが原因でレベルが一気に2つ上がってる。

なるほどなるほど……。

「確認取れました。えーとですね、私が倒した人はいません」

「嘘をつくな！」

「嘘じゃないんですよ。私じゃなくてこの子、りりがやりました」

「きゃんっ!?」

抗議するような声を上げるりりだが事実だ。

これで町に入れなかったら君を食べちゃうぞ？

「この通り太陽光に弱いんです私。だけどさっき空からモンスターが降ってきて、日傘を壊されてしまって……おそらくりりはその報復でやったんだと思います」

「わんっ！」

その通りといわんばかりに吠えるりり。

たしか化けオンは結構高度なインターフェイスを使ってたからNPCとも違和感ない会話ができるはず。

これで納得してくれたら通してくれるとは思うんだけど……どうだろ。

「なるほど……だがその証拠はあるか？」

「これ、見えます？」

ステータスを表示して見せる。

ログの部分を兵士に見えるように突きつけると相手も表情が変わった。

おぉ、NPCにもステータス画面見えるんだ。

「嘘ではないようだ。だがそういうことであればその狼を町に入れることはできない。万が一の時に暴れることでしか対処できないのであればこの場で殺してもらうしかない」

「あー……」

「くぅん……」

いや寂しそうな声出されてもね……あっ、あのスキルが使えるかも。

「りり、ちょっといい子にしててくれる？」

「わんっ！」

「じゃあいくよ、死者呪魂摘出！」

スキル呪魂摘出、ネクロマンサーのスキルで肉体から魂を抜き出す魔法。

ＭＰがぐんと減るのを感じたけれど、目の前に出てきたメッセージからその魔法が成功したのを確認した。

そのメッセージとは、**【使い魔：魔狼の魂を取得しました】**というもの。

魂はインベントリに入っているらしいから必要な時に取り出して使うとしよう。

んー悪魔らしくキメラでも作ろうかしら。

「あっ」

ふと見るとりりの亡骸がさらさらと崩れていく。

後に残ったのは牙が１本、これがリリの遺品になるのね……いや魂持ってるから何かしらの形で復活させられるけどさ。

「つらい選択を迫ったようだが町の安全のためだ。悪く思わないでくれ」

「いえ、これも必要なことです。私は町の人を害したいわけではありませんから」

「……本当に、すまないな」

「お気になさらず、あなたはあなたの仕事を忠実に成し遂げただけですから」

よよよ、と泣きまねをしながら町に入りました。

うん、ロールプレイ。

いやぁ、ＮＰＣの好感度を上げたら何かイベント起きそうだからさ。

とりあえず顔くらいは覚えておいてもらおうと思ったのもある。

何かあったときには利用できそうだしね。

少なくとも道案内くらいは頼んでもいいでしょ。

「君の旅路に幸あらんことを」

「ありがとうござっ!?」

町の中から頭を下げてお礼を言おうとした瞬間、私の肉体は消し炭になった。

……なにがあった？

いや、幸いリスポン地点が町の出入り口、つまり今いた場所だからよかったんだけどさ。

兵士さんも驚いたような顔をしてるし。

とりあえずステータスを開いて、死亡ログを確認……【祈りの言葉に昇天】。

そういえば私聖属性にもクッソ弱かったね。

……え？

優しい言葉かけられたら死ぬの私？

「な、なにがあった？」

「えっと、私聖属性に弱くて……」

「あ？　あぁ……いやすまない、うかつなことをした」

「いえ、お気になさらず」

これ以上話していたらどこで死ぬかわかったもんじゃない。

今はこの場から離脱しよう。

そう思い立ち上がった瞬間、着慣れていないスカートのせいでつまずいてしまった。

「危ない！」

それを受け止めるように鎧を着た人が滑り込んでくれた。

ふぅ助かった、と思ったらリスポン地点に立ってた。

「は？」

「へ？」

「え？」

……ステータス、死亡ログ、【銀に触れた】……。

「お兄さんの装備、銀なんですね」

「あ、あぁ……すまない。助けようとした結果……」

「悪気があったわけじゃないでしょう。気にしないでください」

……私、弱すぎない？

いや弱点多いしデメリットレベルも高いよ？

だけどさ、気軽に死にすぎじゃない？

むぅ……これはキャラクリやり直しも視野に入れるべきかもしれないわね。

「あ、お姉さん。その先は……」

「え？」

さっき受け止めてくれたお兄さんが何かを言っているけど聞き取れず振り向いたら兵士が立っていました。

……リスポン？　ステータス？　死亡ログ？　何があったの？　**【聖水の水たまりに触れた】**。

「なんで……？」

なんで聖水の水たまりがあるのとか、そのくらいで死ぬのとか、いろいろ言いたいけどさ……それ以上に今なんでって言いたいのは私の目の前でこれでもかというほど主張してくるメッセージなんだよね。

いやいやながらにそれを開いてみる。

【称号：絶滅危惧種を取得しました。この称号に特に効果はありません】

その日、町中に私の咆哮が響き渡った。

「お、お姉さん。落ち着いて、な？」

「そ、そうだぞ。こんなのよくある子供のいたずらだ」

「その！　子供の！　いたずらで！　こちとら死んでるんですよ！」

思わず叫ぶ。

ええ……私か弱すぎない？

マジで貧弱だわ……。

「くそぅ……」

「今更だけど注意しておくとさ、この町って聖水売ってるんだ。値段安いしモンスター除けになるから結構買う人いるんだけど、容器が壊れやすいから町中にこういう水たまりもあるの。だから……その……」

「つまり？」

「地雷原だね」

ちくしょう！　このゲームの運営マジで性格悪い！

聖属性弱点とか普通につけるでしょ！

化け物になるのに聖属性攻撃を主軸にする奴はなんなんだ！

しかもご丁寧に聖水に弱い人だっているんだぞ！

そんな状態で最初の町に聖水の地雷原とか作れる状況にするなよ！

「ちなみに水たまりは数分で消えるんだけど、こればっかりは運が悪かったとしか言えないね」

「……お兄さん、デメリットをどうにかする方法知りませんか」

「ないことはないんだけど……あまりお勧めしないよ？」

「言ってください」

「なれる。ひたすらデメリットつけた属性攻撃を受け続けて死にまくる。そうすると聖水の水たまりや教会の聖属性みたいなスリップダメージは無効化できるようになる。ただ直接聖水かけられたりしたら死ぬのは変わらないから注意だね」

「……ありがとうございます」

なるほどなるほど、ひたすら死にまくれと？

よろしい、やってやろうじゃないか！

「まずはお前じゃ太陽！」

日傘をたたんで即死！

リスポン地点で日光浴！

即死！

まだまだいくぞおらぁ！

即死！　即死！　即死！　即死！　即死！　外から見たら私が炎上しているように見えたらしく善意で消火しようとしてくれた人がかけた聖水で即死！　リスポンして即死！

何分続いたか、太陽が西の空に落ちていくのを見送る私はついに太陽を克服したのだろうか……。

その答えは目の前にあるメッセージにある。

【称号：太陽嫌いを取得しました。太陽光によるダメージを1日1時間無効にします】

っしゃおらぁ！　太陽克服したぞこらぁ！

これで日傘なしでも歩ける！

少なくとも両手が空く！

1日1時間だろうが十分じゃ！

「ふぅ、ふぅ……」

「だ、大丈夫か？」

「ええ、大丈夫です。でもすぐに戻ってくるでしょうからまたお会いしましょう」

ふっ、途中でお兄さんはどっかへ行ってしまったが関係ない。

お礼は言ったし、次は聖属性に耐性をつけてやる。

そうと決まれば教会じゃ！

走る！　教会を見つける！　教会に近づく！　うっかり聖水の水たまり踏んでリスポン！　再び教会に近づく！　ドアに触れた瞬間リスポン！　それを延々と繰り返す！

50回も繰り返したころ、メッセージが届いた。

「っしゃ！　これで聖属性のスリップダメージも無効に……？」

【称号：不審者を取得しました。隠密行動にプラス補正、ＮＰＣの好感度が上がりにくくなります】

「くそったれぇ！」

触れないとわかっててもメッセージ画面を殴りつけてしまう。

教えてくれ運営、私は後何回死ねばいいんだ……。

【称号：くじけぬ心を取得。特に効果はありません】

「ぶっとばすぞ運営！」

タイミングよく変な称号送り付けてくんな！

しかも効果ないんかい！

【称号：神が鼻で笑う者を取得しました。聖属性の地で10分活動可能になります】

ってあったわ！

一気に3つも称号送ってくるなよ！

しかしこれで教会に入れる。

んー、これ以上は今できることってないかな。

聖水を浴びたり飲んだりというのも手段だけど、それにお金をかけるのはもったいない。

毒を摂取するのもありだし、火ダメージを受けるのもありだけど目算50回っていうのはなかなか大変だからなぁ……。

あとペナルティのせいで懐が寂しいんだよね。

幸い私はデメリットとして武器を持てないからその辺にはお金使う必要ないんだけどさ。

「とりあえずおじさん。どこか美味しいご飯食べられる場所ない？」

「え、あぁ教会の手前にある酒場の飯はうまいぞ？」

「ありがとう、そこに行ってみるわ」

よしよし、とりあえず当初の目的を改めて思い出せたわ。

……というかあの死亡マラソン、ずっと撮影してたのよね。

少し気が遠くなるけどまぁいいわ、編集面倒くさいしそのままブログに載っけちゃいましょう。

それはそうとご飯よご飯！

美味しい食事が私を待っているわ！

「ぷはぁ……」

酒場の食事はそれなりに美味しかった。

といっても既知の食べ物ばかりで物珍しいものはなかったけどね。

それでも残ってた5000ルルをほとんど使いきってしまうほど食べたわ。

いわゆる安酒場だったのもあって、せっかくだからやってみたかったこともやっちゃったのよね。

メニューのここからここまで、ってやつ。

結果すごい量の食事が出てきて、残すのは信条に反するから全部食べたわ。

【称号：暴食を取得しました。満腹度の上限を超えて食料の摂取、貯蓄が可能です】

ほほう、種族特性上お腹がすきやすい私には便利ね。

残り500ルルか。

大切に使わないとね。

「らっしゃーい、吸血鬼向けの特別ドリンク120ルルだよ！」

「1つくださいなー！」

「まいどあり！」

……残り380ルルか、大切に使わないとね！

とりあえず当面はレベリングとお金稼ぎかしら。

だとしたらまず一般的なのはクエストよね。

確か攻略情報だとプレイヤー専用のクエスト受注ポイントから受けられる汎用クエストと、何かしらの条件を満たすことで受注できる特殊クエスト、あとは未発見で出現条件がシビアなシークレットクエストと、特別な種族限定のユニーククエストがあるんだったかしら。

まぁ普通に汎用クエストよね。

一番手っ取り早いし。

えーと、町の中央広場にある掲示板からクエストを選択して受注できるから……こっちかしら。

「おい押すな！」

「お前が押すなよ！」

「ちょっと誰よお尻触ったの！」

「すし詰め状態なんだからしょうがないだろ！」

うーん、汎用クエスト用の掲示板。

通称クエストボードが激混みしてるわ。

どうしたものかしら。

あそこに近づくのは骨が折れそうね。

とりあえず一番後ろに並んでおこうかしら。

「わっ！」

「えっ？」

「きゃっ！」

あ、最前線にいた人たちが押し合いでバランス崩して倒れた。

大変ねぇ。

「危ない！」

「ほえ？」

ぼーと観察してたら人がドミノ倒しみたいにこっちに向かってきた。

とりあえず避けるけど左右は埋まってるから後ろよね。

と、思った私がばかでした。

いつの間にか私の後ろにも人が並んでいた。

バックステップから後ろを見ると鈍い鉛色の鎧を身に纏った人が立っていた。

多分鉄製よね、なら大丈夫でしょう。

そう思っていた私は見逃してしまった。

その人の胸に十字架のネックレスがかけられていたのを。

「あ゜」

はいリスポン。

「た、ただいまです」

「今度は何で死んだ？」

ステータス画面から確認すると**【銀に触れた】**と書かれていた。

なるほど、あの十字架は聖属性じゃなくて銀扱いなんだ。

「銀のネックレスにぶつかりました。中央広場の人ごみの中でごつんと」

「そうか、あそこは人が多いから気をつけろよ」

「はい」

半ばあきれた様子で、そして特に何か言うでもない兵士さん。

もう慣れてるね、すごいね人間。

しかしあの調子じゃクエスト受けるのも一苦労よね、何かないかしら。

「そういや嬢ちゃん、あんた何度も死んでるけど心が折れたりしないのか？」

「くじけぬ心を持ってますから」

称号でね。

「なるほどなぁ……ちょっと面倒な仕事があるんだがよかったら受けてみないか？」

お？

「どんな仕事ですか？」

「この先にある森でな、植物を採取してくるだけの仕事なんだ。ただ採取対象がマンドラゴラでな……抜くと悲鳴上げやがって死ぬから犬に引っ張らせてってのが通常のやり方なんだが嬢ちゃんならやり遂げられるんじゃないか？」

「おぉ、それはいいですね。やります！」

「そうか、頼むぜ」

その言葉と同時にクエストメッセージが眼前に出てきた。

【シークレットクエスト：マンドラゴラ採取を受注しました。クエスト内容：マンドラゴラを10本納品】

なるほどなるほど、10本マンドラゴラ持ってくればいいのね。

じゃあやることは単純、ヒントも出そろってるからよしとしましょう。

……正直ヒント無視してゾンビアタックしてもいいんだけどね、せっかくだから従いましょうか。

まず森、通称ペナルティエリアって言われてる、私が最初に落ちてきたところとは別の森ね。

そこに向かう道中で狼型のモンスターをサクッと倒します。

そして死者呪転でペットにします。

この時名前は付けないのが重要、愛着湧いちゃうからね。

次に森についたらお話をします。

誰とって？　それはもちろん。

「ねぇあなた、マンドラゴラってどこに生えてる？」

「お前嫌い、仲間むしった」

「あなたもむしってもいいのよ？」

「あっちにいる！」

「そう、ありがとう」

その辺に生えている植物とです。

木の精霊、ドライアドの能力で植物とお話しできるのよね。

まぁそれが原因で採取クエストは大変だし、結構心に来るものがあるけど無視。

私はたとえ豚や牛がしゃべっても美味しくいただける人間だから。

「あれね、えーとこのツタがちょうどいいかしら」

ブチっと近くに茂っていたツタを引きちぎる。

いてぇっ！　という悲鳴が聞こえたけど無視無視。

これをマンドラゴラの葉っぱに括り付けて、離れたところに待機。

ペットにした狼に引き抜かせる。

「キイエアァアアァアアァアアア！」

おぉ、けたたましい悲鳴。

でも射程距離外にいる私には無関係なのよね。

そしてこれは嬉しい誤算と言うべきかしら、ペットにした狼は既に死んでいるからマンドラゴラの悲鳴を聞いても死なないみたい。

うーむ、これは名前を付けてあげてもいいかしら。

使い捨てにするつもりで10匹連れてきちゃったのよね。

……いいや、魂にしてインベントリに突っ込んじゃお。

「さーて、サクサク行きますか。あ、自分で食べる分も残しておこ。生で持ち運ぶと鮮度が落ちるから……傘と同じ要領で鉢でも作りましょうか、葉っぱも1日くらいなら持つでしょ」

そのあとはどう使うのがいいかしらね、サラダ……いやでも見た目的には大根だから煮つけもいいかしら。

ポン酢が欲しいわね、しょうゆも欲しいし出汁も欲しい。

足りないものだらけね……。

「ねぇあなた、その大きなはっぱを分けてくれたらこの子を肥料にあげるよ」

「肥料先払いなら1枚くらいいいよ」

「ありがとう、というわけでそこに立ってね。呪魂摘出！」

10匹いるうちの1匹を植物の近くに立たせて魂を抽出。

さらさらと崩れ落ちていくのを眺めつつ、ドロップアイテムを取得。

「ありがとう、じゃあこれ約束の葉っぱね」

そしてお話しした植物からはらりと落ちてきた葉っぱも回収。

うんうん、この調子でクエスト用と、自分用に集めてしまいましょうか。


森の植物とお話ししたり、狼達にマンドラゴラの場所をかぎ分けてもらったりしながら探すこと1時間。

どうにか予定の10本と、周囲の土ごと掘り返して鳴かせることなく鉢植えにしたマンドラゴラ5

本を収穫できた。

うん、いろいろ悪さできそうだし美味しく食べられそうだ。

やはり煮つけか、サラダか、それともすりおろして魚と一緒に食べるべきか。

その調理法を考えていたのだが、連れていた狼の１匹が突然矢に射抜かれた。

さらさらと死体が消えていくのは呪魂摘出と同じだけど、ドロップアイテムを落とす様子がない。

というかこの矢、誰の矢？

「おーっと、そこから動かないでもらおうか」

「どちらさま？」

「名乗るほどの者じゃねえよ。ただのＰＫだ」

ＰＫ、プレイヤーキラー、つまり私を殺したいと。

でも持っているのは斧、他に何人か控えているとみるべきかしら……なんて思ってたらぞろぞろ出てきたわ。

魔法使いっぽい人と、弓使いと、盾持ってる人が。

まぁこのゲームＰＫ推奨ってパッケージに表記されてるくらいだからね。

そういう楽しみ方する人もいるでしょう。

そもそもの話ふれこみが「人間性は犬に食わせろ」だったし、正直そんなものが食べられるなら私は喜んで食べる。

人間性ってどんな味なんだろうね。

「とりあえず有り金全部おいていきな！」

「え、別にいいけど？」

「え？」

「え？」

自分で言って何を驚いてるのこの人。

「えーと、トレードはこれでいいんだよね」

「あ、はい」

「じゃあこれ有り金ね、文字通りお金はこれ以上ないし種族特性のデメリットで装備とかも持ってないから。せいぜい換金できそうにないクエストアイテムくらいしかないからある意味で今現在の全財産ね」

チャリーンという音と共にＰＫを名乗った斧持ちの人の手に３８０ルルが落ちる。

「え？」

「いや、全財産それ」

「武器いらないならもっとあるんじゃねえの？」

「ペナルティ支払って、酒場で豪遊したら素寒貧《すかんぴん》」

「……すまん、返すわ」

「別に気にしないでいいのに、どうせクエストクリアしたらお金も手に入るし」

「いや、流石になんか……子供をカツアゲした気分になって申し訳ない」

「あらそう？　なら受け取っておくけど……なんでＰＫなんてやってるの？」

なーんかこの人たち性格的にＰＫに向いてなさそうなのよね。

最初にお金出せって言った割に渡すって言ったら驚いてたし、本人たちとしては先に攻撃してほしかったんだと思うけど……罪悪感の軽減のためかしら。

「いやぁ、ＰＫが一番手っ取り早く経験値が手に入るんだわ。狩場争いする必要もないし、次の獲物を探すよりもプレイヤー探した方が早くてな」

「私まだレベル３……あ、ちょっと上がってレベル４になってるけどその程度でも？」

「あぁ、というかこの辺りはレベル２の狼と、レベル１のウサギくらいしかいないからな。レベル４のプレイヤー倒した方が経験値うまいんだ」

なるほど……ＰＫは経験値効率が美味しい、いいことを聞いたかもしれない。

私の中の悪の心がよからぬ商売を思いついてしまったみたいだ……。

「いや、いいことを聞いたわありがとう。お礼に商売のお客さん１号に任命してあげる！」

「え？」

「ＰＫでレベル上がるということは、町のリスポン地点に張り付いていれば効率的よね」

「あ、いや、それやると馬鹿みたいに強い衛兵にぶち殺されるんだ。そのあと監獄送りになる」

「悪質なＰＫはできないけど通常のＰＫならできるんでしょ？　なら問題なし！」

「そうなのか？」

「うん、とりあえず実際にやって見せたほうが早いからサクッと町に戻りましょうか！」

「そりゃいいけど、ここから戻るにしてもそこそこ距離あるぜ？」

「ふっ、昔のゲームで死に戻りという方法があったわ」

「あー、あったなそんなん」

「それを再現する方法がここにはあるわ！」

「自害か？」

「まぁまぁ、見てなさいって」

困惑するＰＫ達をしり目にインベントリから鉢植えマンドラゴラを取り出す。

「はい、せーの！」

勢いよくずぽっと引っこ抜く。

「キィエァアァァァァアアアァアァアアアアアア！」

マンドラゴラの絶叫に包まれて私たちは町のリスポン地点に戻ってきました。


【ウェルカム】化けオン総合掲示板５【化け物の世界へ】

２９３：やわらかとかげ
なぁ、２００回りすぽんしたんだけど

２９４：名無しの化け物
やりやがったな

２９５：名無しの化け物
吸血鬼じゃないな、精霊系か？

２９６：名無しの化け物
大穴でゾンビに５００ルル

２９７：名無しの化け物
２００回って言ってるし精霊だろ、罠にはまったな

２９８：名無しの化け物
やわらかとかげは　炎天下のみみずにしんかした

２９９：やわらかとかげ
なぁ、これデメリットレベル緩和とかないの？

３００：名無しの化け物
称号

３０１：名無しの化け物
称号

３０２：名無しの化け物
称号

３０３：やわらかとかげ
いやそれは知ってる
というか称号のおかげで今書き込めてるようなもん
なければ延々リスポンしてた

３０４：名無しの化け物
まぁマジレスするなら完全にデメリットを消す方法はβでは見つからなかった
せいぜいが緩和だな、でもβプレイヤーは多かれ少なかれデメリットをどうにかする方法はあると
睨んでる

305：名無しの化け物
デメリットねぇ、積みすぎんも死ぬし積まないと微妙アセンになるんだよな

306：やわらかとかげ
デメリット消せるん？

307：名無しの化け物
え、俺初耳なんだけど
ポイント使わず人間でやってるがこれって不味いのか？

308：検証班
ちょっと名前変えたわ、βから検証してた
とりあえず簡単に説明するとだな、このゲームの運営は性根が腐ってる

309：名無しの化け物
知ってる
というか検証班だったんかお前

３１０：名無しの化け物
性根が腐ってるは草

３１１：やわらかとかげ
でも実際にキャラクリに罠仕込むのは性根腐ってる言われても残当
しかもこっちの心が折れかけたタイミングで「くじけぬ心」とか渡してくるし

３１２：検証班
まぁその辺りはお察しの通りだな
ちなみに精霊4種で死にまくるのは俺も経験した
で、なんでそれがデメリットレベルに関係してくるかといえば長くなるから少し待て
今書き溜める

３１３：名無しの化け物
くじけぬ心は草

３１４：やわらかとかげ

くじけぬというか、ログアウトもキャラクリリテイクも、掲示板も見る暇なく溶けたんですがそれは

３１５：名無しの化け物
あいつら本当にいやらしいタイミングで称号送り付けてくるからな
俺は不審者の称号もらいました、くっそいらねえ

３１６：名無しの化け物
何やったよお前……

３１７：名無しの化け物
いや、聖属性弱点だけど教会に入ってみたくてマラソンしてた
あと女の子が同じことやってたからあの子も不審者の称号持ってると思う

３１８：名無しの化け物
女の子の不審者と聞いて

３１９：検証班

変態ステイ、とりあえずまとめた
ゲームコンセプトが化け物になること、人間性を犬に食わせろと言っている
なのにデメリット０の人間が強いのかと言われたら違うだろう
実際βの時も人間はレベルが上がりにくかったし、適当なアセンのキャラより弱かった
これは攻撃力的な意味でも、防御力的な意味でもな

３２０：名無しの化け物
つーかいまさらだけどアセンってなんだ？
みんな普通に使ってるけど

３２１：検証班
アセンブルの略称、プログラム用語みたいなもんだが組み合わせのことだな
話を戻して、人間プレイヤーは大器晩成かと思われたがそうでもなかった
少なくともβのレベル限界である30ではそれなりの腕か対策がなければ人間は化け物とのＰｖＰはつらかった
要するに強弱はあれどどんぐりの背比べだったわけだ
それを運営が良しとするかといえば、大器晩成と仮定した人間と弱点克服した化け物をぶつけたくなるんじゃないかって意見が出た

要するに英雄とガチの化け物ぶつけるって話だ

322：名無しの化け物
おぉう、なんか話が壮大だな
というか長いわ

323：検証班
これで最後だから我慢しろ、そのあと3行にまとめてやる
人間が大器晩成だと仮定した場合、化け物が不利になる
化け物になれよと言ってるのにそこで不利を作るのは違うだろう
少なくとも称号でスリップダメージを一定時間無効にすることができるならそのうち完全耐性なん
かも出てくるんじゃないかって話だ

324：名無しの化け物
筋は通っているな
では3行で

325：検証班

性根の腐った運営
人間が英雄になるかも
化け物は弱点克服

326：やわらかとかげ
なるほど……ちなみになんだけどさ、ちょっと思い付きがあるんだが聞いてもらってもいいか？

327：検証班
なんだ、言ってみろ

328：やわらかとかげ
ゾンビとかスライムもつけてデメリットゴリゴリに盛ってるんだが、聖属性と聖水に弱い俺
ＰＫが経験値美味しいと聞いた
リスポンポイントでリスキルされまくるレベリング商売したら儲かるんじゃね？

329：名無しの化け物
やって、どうぞ

３３０：名無しの化け物
誰でも思いつく
だが誰もやらん
察しろ

３３１：名無しの化け物
おらどうなってもしらねだ

３３２：検証班
あー、お仕置きＮＰＣってのがいてな？
いわゆるリスキルみたいな方法とか、特定個人を粘着ＰＫすると湧いてくる敵がいるんだ
βの頃は「堕ちた英雄」って名前だったけど、ＰＫもほどほどにしないとそいつが襲ってくる
ちなみにそいつのレベルは１５０だ
人間が英雄になるってのもこいつが出所だな

３３３：やわらかとかげ
わぁ（白目）
あ、でも即死アイテムとかで対処できないの？

３３４：検証班
英雄がそんなもんで死ぬかよ
あとマンドラゴラのこと言ってるならあれは即死アイテムじゃねえからな
範囲内に高ダメージを与えるだけのアイテムだが、一度検証班総出でためした
マンドラゴラの生えてる場所で散らばって「堕ちた英雄」を巻き込んでみたけど……ききたいか？

３３５：名無しの化け物
もったいぶるな

３３６：名無しの化け物
なんでもしませんから教えろください

３３７：やわらかとかげ
服くらいなら脱ぐよ？
既に全裸だが

３３８：検証班

まぁ結論から言えば全員切り殺されたわ
マンドラゴラ引っこ抜く暇もなくな
ただ1人だけうまくかみ合って抜けたらしいんだが、顔をしかめただけだったらしい

339：名無しの化け物
顔をしかめただけとか本当に人間なんですかねぇ……

340：名無しの化け物
やだぁ、こわ……

341：名無しの化け物
俺らもレベル50くらいになればマンドラゴラ採取楽になるのかな……

342：やわらかとかげ
あ、ゾンビはすでに死んでる扱いなのかマンドラゴラの鳴き声無効らしいぞ
俺は引っこ抜けないけどな！

343：検証班

フレーバーテキストだがマンドラゴラの鳴き声は耳ではなく心臓に響くらしい
だから心臓止まってればセーフなんだろ、化け物だし

344：名無しの化け物
それ聞いて英雄さんがマジの化け物にしか思えなくなったんだが

345：名無しの化け物
ほんそれ、心臓にダメージ受けて顔しかめるだけってなんやねん！

346：名無しの化け物
でも顔しかめたってことは効いてるってことだよな……

347：検証班
少なくとも落ちた英雄の出現条件はある程度分かってるわけだし、お前らは無茶なＰＫすんなよ？
アレには近づかねえほうがいい
あとお仕置きＮＰＣだけあってレベル関係なくデスペナ置いていくし、アイテムや経験値も奪っていく
そして奪った経験値とアイテムでさらに強くなる

今だとβ最終盤の装備とアイテム持っててレベルも上がってるんじゃねえかな……

３４８：名無しの化け物
ひぇっ……

３４９：名無しの化け物
近づきたくねぇな……
なんか特徴とかねえの？

３５０：検証班
黒いコート、黒いマフラー、両手にサバイバルナイフ、目は黒い包帯で隠されてる
銀髪ロングの美少女と思われる風貌
なんか闇纏ってる

３５１：名無しの化け物
おい、だれかやわらかとかげリスキル行こうぜ

３５２：名無しの化け物

おいどこだとかげ、出てこい

353：名無しの化け物
ひゃっはー！
聖水めっちゃ買い込んだぜ！

354：検証班
お前ら美少女と聞いたらすぐそれかよ……

355：やわらかとかげ
やめてくれ……俺絶滅危惧種の称号も持ってるんだ

356：名無しの化け物
危惧であって絶滅してないし、しないし、させないからセーフ

357：やわらかとかげ
何がセーフなんですかねぇ!?

第3章　人間性捧げた？

BECOME A BAKEMONO ONLINE ～LET'S GO PHILIA～

「ただいまー」

「……おう、後ろから来るとは思わなかったぞ」

町に帰って衛兵さんにマンドラゴラを差し出す。

いやぁ、デスルーラ便利だね。

マンドラゴラ、常備しておこうかしら。

「確かに10個だな、これで巣が作れる」

「そうなの？」

「あぁ、強心剤の材料でな。ただ未加工の物を食べると死んじまう、それこそ英雄と呼ばれる人間か同等の化け物でもない限りな」

「へぇ」

じゃあ今の私が食べたら即死か……ドライアドのデメリット克服に使えるかな。

味も気になるし。

あ、クエスト達成のログだ。

経験値とお金が５０００ルル手に入った。初期金額の半分ってことは結構美味しいクエストだったのかな。

レベルも５になった。

「ちなみに未加工だとだめなら調理したら？」

「だめに決まってるだろ……」

何を当たり前のことを、といわんばかりにあきれられてしまった。

まぁいいや、それよりまずやるのはだ。

「レベリング屋をやります」

「はぁ？」

「なにいってんだ？」

衛兵さんとＰＫさん２人からあきれられてしまった……。

解せぬ。

「だから、私をＰＫして経験値を稼ぐ。私は対価にお金をもらう、両者両得、みんなハッピーでしょ」

事細かにデメリットの話をしてみる。

私は聖水耐性を上げたいから、聖水をかけてもらってＰＫしてもらう。

低レベルな今はデスペナないから安全にできるし、あちらは多少の金銭でレベルが稼げる。

「なるほどな、けど聖水買う金も馬鹿にならないんだぞ。あれ買うよりもポーション買い込んだほうがいいくらいだ」

「そうなの？　でも私銀も弱点だし、聖属性も弱点だから結構簡単だと思うよ」

「銀ならまぁ……露店で売ってるアクセサリーが銀だったからな」

「だからそれで私のデメリット克服と、お金稼ぎ。みんなは経験値稼ぎができるという算段よ！」

どうだこの完璧なプランは！

「あー、嬢ちゃん。それはやめておいた方がいい」

「へ？」

思わぬところからストップが入った。

衛兵さん？

「魔の者、それも特定個人を狙い続けたり同じ場所で殺し続けると出るんだよ」

「出るって？」

「英雄様、だった人だ」

英雄だった人……なにそれかっこいい。

「今は堕ちた英雄と言われていてな、名も忘れられてしまった悲しい人だ」

ほほう、いわゆるお仕置きNPCってやつかな？

だとしたらこの商売はうまくいかないと……でも一度会ってみたいな。

うーん、なんか方法ないかな。

目の前でPKさんたちはすっごい嫌そうな顔してるし、ついでにPKしたツケとか諸々どうしてくれるんだって顔もしている。

「あ、じゃあ私がＰＫしまくればいいのか」

「は？　いや嬢ちゃん話聞いてたか？」

「聞いてましたよ、一度会ってみたいなと思って」

「……変わり者だな、あの方に殺された魔の者は一時的な呪いを受けると聞くぞ」

「呪い？」

「俺にはよくわからないが、生き返った後も続く呪いだとかなんとか……」

それってデスペナかな？

うん、だとしたらやっぱり私がやるのが一番か。

「よし！　だれかＰＫさせてください！」

「マジでやるの……？」

「やめといたほうが……」

「俺そんなおっかないのに会いたくないんだが……」

あら、乗り気じゃない。

でもジャーナリストとしてはそういうの、結構気になるんだよね。

いわくつきとかそういうのも記事にすると面白いんだ。

なによりさ……英雄を食べる機会なんて普通ないじゃん？

「んー、話からすると被害受けるのはＰＫした側だけだから平気じゃないかな。させてくれるなら

５０００ルル払うよ」

「む……それは確かに魅力的だが」

お、揺らいだ？

ならあと一歩か。

「追加で３８０ルル払うよ！」

「いや、それはいらねえ……」

「そう？」

いらないなら小銭は取り下げよう。

けどローリスクで５０００ルルは結構なリターンだと思うんだよね。

んー、他に何が使えるかな……。

「あ、じゃあ吸血鬼にお勧めのジュースを……」

「俺たちのパーティに吸血鬼いないんで」

「ぐっ……万策尽きた」

「策と呼べるほどのものが万もあったか？」

「がふっ」

痛恨の一撃……これだけで私のライフが一気に削られた気がする。

「なら……ここであと４回マンドラゴラ抜かれたくなければさっさと５０００ルル受け取ってキルされなさーい！」

「俺らが言えた義理じゃないけどさ、それ最低な脅しだぞ？」

「なんというか、援助交際強要するおっさんみたいだ」

「え、不審者？　もしもしＧＭ？」

「通報すんなこらぁ！」

くっそ、何かほかに手段はないのか！

「まぁいいや、別に経験値減るわけでもないしレアキャラも拝める。金ももらえるならそのくらいは引き受けてもいいぞ」

「ほんと!?」

「あぁ、ただスクショとるくらいはいいよな」

「それは問題ないよ。というか私ずっと録画回してたんだけど、ＰＫのくだりも含めて受けそうだからそのままサイトに載っけてもいい？　なんならギャラも出るよ？」

「……いや、顔と名前は伏せてくれ。こういうことしてたって思われると面倒くさそうだ」

「そか、じゃあ面倒くさいけど編集入れておくね。あ、あとこの後教えてもらうデメリットレベルに関してもオフレコにしておくから。具体的にはピー音いれるから」

「わかった、それで頼む。しかし……ここじゃ被害とかでねえかな、お仕置きＮＰＣだから町に被害出すことはないかもしれんけど、あんたが戦うとなったら違うだろ？」

「あー、そっか。じゃあ衛兵さん、この後来る英雄さんと一戦交えるときマンドラゴラ抜くんで避難勧告をお願いします」

まぁ正しくは戦うわけじゃなくて捕食するんだけどね。

勝てるとは思っていないけど、血の一滴でも吸えたら満足だから。

「総員避難開始！　馬鹿がマンドラゴラ引っこ抜こうとしてやがる！」

「ちょっ、馬鹿は酷いですよ」

「ひどくねえよ！　ばーかばーか！」

慌てた様子で走りながら逃げていくＮＰＣ達。

うん、お膳立ては済んだかな？

「じゃあデメリットレベルを教えて？」

「あぁ、俺は聖属性キャラだから魔属性に弱い。具体的に言うと聖属性弱点のプレイヤーの血液とか」

「あら、それは珍しい……でもそういうことなら私をＰＫしなくてよかったと思うよ？」

「聖属性弱点か？」

「色々詰め込んだからデメリット何回聖属性弱点積んだか覚えてないや」

「……返り血で死んでたな」

「でしょー。じゃあまぁ軽くいくよ」

こうして私のＰＫは始まった。


まず大前提として私は武器を装備できない。

その代わりに人狼と吸血鬼の力があり、そして鋭い爪と牙がある。

今のところ何の役にも立っていないけれどドライアドの蔦や翼もある。

だとすると派手な出血の方がいいだろう。

ジャーナリストという仕事柄、オカルトにも多少の覚えがある。

八百比丘尼《やおびくに》の伝承なんかが有名だけれど、人魚を食べた尼、彼女は不老不死の力を得たというそれになぞらえて私は捕食されるとデメリットが跳ね上がる。

さらに人魚伝説だけに尾ひれが生えて驚異的な回復力がある可能性もあるのだから最初の一発は景気よく行くべきだろう。

というわけで、首を掻き切る。

「お、おい……」

ＰＫさんの１人が最後まで言葉を発することなく死に戻りする。

それと同時に体外に噴出したはずの血液が逆再生のように戻ってきた。

そういえば吸血鬼もべらぼうな回復力持ってたわね。

「見ての通り、ちょっとやそっとの傷じゃ意味ないからね。ばらしても問題ない範囲だと吸血鬼持ってるから回復力凄いのよ。というわけでどんどん行くよ」

そう告げてから首を切っては血を浴びせる、それを何度か繰り返した。

おおよそ10回くらいだろうか、ＰＫさんが毎度血を浴びることに嫌気がさしたような表情を示したところで空気が変わった。

「っ！」

ざわりと、ＶＲとは思えないほどの威圧感。

あるいは恐怖心。

それが私を支配する。

同時に周囲にいたＰＫさんとそのお仲間も足がすくんでいるようだ。

冷や汗まで流していることから相当不味い状況らしい。

これがお仕置きＮＰＣ、これが堕ちた英雄……ふふっ、ゲーマーとはいいがたい私だけどこれは少し。

いや、とても楽しくなってきた。

「汝、悪なり」

黒ずくめの服装、銀髪とのコントラストが妙に似合っている女性。

そう、声からは女性と察することができるけれどそれ以上の情報が一切得られない。

ただわかるのはやばいという一点。

背筋がぞわぞわして、逃げろと本能に訴えかけてくるのに体はピクリとも動かない。

「悪は滅殺する」

「上等、初の人食……もとい英雄食。死んでもただでは転ばな」

私は最後まで言い切ることができなかった。

気が付いた瞬間にはみぞおち、心臓に木製の杭を打ちつけられていた。

どこからだした、いつのまにやられた、そんなことを考える暇もなく私はキルされたのだ。

だが私の体は、いつものようにすぐに消えることはない。

教会マラソンをした時も、聖水の水たまりを踏んだ時も、銀に触れた時も、とにかく死んだときは一瞬の猶予もなくリスポン地点に降り立っていた。

だというのに心臓を貫かれて、明らかな致命傷を受けてＨＰは間違いなく0になっているはずなのにだ。

「罪には罰を与える」

堕ちた英雄、それが口を開く。

宣言のためか、それとも……そう思うと同時に首筋に噛みつかれた。

人魚のデメリット、捕食されると効果上昇。

それが頭をよぎるが考えている暇はない。

まだ、まだ間に合う！

ただ噛まれただけで、食われたわけではない。

「ふぐっ！」

渾身の力、しかし弱弱しい抵抗にすぎない私の行動。

それは堕ちた英雄の首に牙を立てることだった。

プツリ、という音がどこかで響く。

私の牙がわずかに堕ちた英雄の首に傷をつけた音だ。

互いの首を食いちぎらんとする一撃、ジワリとあふれ出る血液は、昔彫刻刀で傷つけた指から流れ落ちたそれと同じ。

鉄臭く、生臭く、そして喉に絡まる感覚を持ち合わせたもの。

間違っても飲料には適していないが、なぜか私は高級ビンテージワインを彷彿とさせていた。

あぁ、確かにこれは血液だ。

だけど、だけど美味い！

喉にへばりつく感覚は緩やかなのど越し、鉄臭さはまるで広大で肥沃な大地に芽吹く葡萄を濃縮したかのような味わい、生臭さはワインの甘味と酸味、そしてごくわずかな苦みにも似た極上の味わい。

たまらない、もっと飲みたい。その一心で歯を突き立てる。

あらん限りの力をもってその喉笛から血を吸いつくさんとブチリという音が響いた。

遅れてやってくるのは虚脱感、気付いた時には私の首が食いちぎられていた。

力が吸い取られるような倦怠感、そして過労のような脱力感が私から力を奪っていくようだった。

だが口を離すことなく、血を飲み続ける。

一心不乱に、たとえ何リットルあろうとも飲み足りないであろうそれをひたすら吸い出しては嚥下する。

どれくらいの時間が流れただろうか。

おそらく数秒にも満たないわずかな時間、だが私はそれで十分だった。

飢餓感と満足感、決して相いれない２つの感覚を全身で味わい満足していた。

「ふふっ、ごちそう、さ、ま……」

もはや体に力は残っておらず、最新のシステムによる重力演算にひかれて地面にずり落ちていく。

けれどただでは転ばない。

インベントリからマンドラゴラの鉢植えを引っ張り出し、足元から消えていく自分の体をしり目に一息に引き抜いた。

「キィエァアァァァアァアアァアァァアアアアア！」

マンドラゴラの絶叫が響き渡る。

それを忌々し気ににらみつけ、堕ちた英雄は叫び続けるマンドラゴラを踏み潰す。

ＰＫさんたちはとっくに死に戻りしているが、今更動くこともできずにただ立っているだけだった。

かまわない、それはかまわない、邪魔にならなければどうでもいい。

だが、私は怒りに満ち溢れていた。

マンドラゴラ、薬の材料であり有毒な植物。

それをこの堕ちた英雄は、あろうことか私の目の前で食材足りうるものを台無しにしたのだ。

許せるか、そんなわけがない。

ステータス画面を見るまでもなく私のレベルは下がっているし、お仕置きＮＰＣの効果で強制的に付与されたデスペナが原因でステータスは比べ物にならないほど落ちている。

言うまでもなく私は死んで、この場所にリスポンしたのだろう。

あいにくそれを確認する手段はないが、地面に立っているのがやっとの肉体を無理やり動かして堕ちた英雄に近づく。

「顔、覚えたぞ……」

「汝の罪は清算された」

「なら、罪を増やしてやる」

再び英雄の首に噛みつく。

それに対抗するように私の心臓にも再び杭が突き立てられ、首筋を噛まれる。

ここから死ぬまでおよそ4秒。

その間に、先ほどのような血を吸うためではないこと。

ただ殺意だけを込めた攻撃を続ける。

二度目のブチリという音と共に私の体が崩れそうになるが、再びマンドラゴラを引き抜きリスポン地点に立つ。

「まだ、まだぁ！」

三度目の正直というがそれでは足りない。

恨みを晴らすまで延々と続く4秒間の攻防、いや攻防と呼ぶにはあまりにお粗末なそれをなんと称するべきだろうか。

強いて言うのであれば、肉の喰らい合い。

先ほどまであれほど美味に感じていた英雄の血すら唾棄すべきものに感じるほどの嫌悪感。

それが私を支配する。

「ふぅ、ふぅ……」

3体目のマンドラゴラを引き抜いてリスポン。

デスペナなんてどれだけ重複しているかもわからない。

けれどあと1回は少なくとも攻撃できる。

ならばやることはただ1つ。

「次は……肉だ」

ここにきて狙うは首、と見せかけて耳だ。

人体の中では比較的損傷しやすい部位ということもあり、杭を打ちつけられる頃にはその耳を噛みちぎっていた。

「ふふ、軟骨みたいね」

こりこりと音を立てて口の中で転がるそれを咀嚼しながら英雄を見つめる。

私も両手の爪と牙を構えて勝負の姿勢をとる。

勝てるはずがない、だが何もできないままという道理もない。

ならばやれる限りの抵抗はしてやろう。

先ほど同様飛びついて、胸に杭を打ちつけられて、それでもまだ死なないから噛みつきながらスキルを声高に叫んで発動させる。

「ドレイン！」

破れかぶれと言われればそれまでだが、持ちうる魔法やスキルの中で最高火力のそれを叩きこんだ。

……いやね、悪魔とか吸血鬼とかネクロマンサーとか明らかに強そうな種族じゃないかって言われると思うけどそうじゃないの。

固有スキルとか今後覚えていく魔法とかそういうのはまだレベル1、しかもデスペナ受けた今の状態だとすごく弱いのよ。

でもドレインはレベル変動に応じての固定ダメージで、デスペナ食らっていても関係なく一定のダメージを与えられる。

しかも私の場合種族特性で持っているドレインが複合されている、暴食の悪魔やドライアド、吸血鬼なんかのね。

まずネクロマンサーと悪魔のソウルドレイン、これは文字通り相手の魂を奪う技……と大仰に言ってみたけれどそれはフレーバーテキストであって実際はＭＰを吸収するスキル。

次に吸血鬼とドライアドのエナジードレイン、こっちはＨＰを吸収するスキル。

ちなみにフレーバーテキストは相手の生命力を奪うってなってる。

なおこのスキルは相手に触れている必要があるから、こうしてこちらを受け止めてくれる相手じゃないとまず成立しない。

具体的に言うと高速で移動する相手とか、超長距離射撃で魔法やスキル連打してくる相手とか、そもそも取っ組み合いになる前に近づかせない相手とか。

弱点としては致命的だし、ドレインスキルは有名だから対策も簡単、その代わりに触れているなら必中というハイリスクハイリターンなものだったりする。

「ぐっ……」

だからまぁ、一矢報いてやろう程度のつもりで……ついでにドレイン使ったらなんか味とかあるのかなという思いも込めて使ってみたんだけどさ……。

もうやけくそもいいところ、そう言われても仕方ないこの攻撃を受けた英雄さんは想像以上にダメージを受けた様子だった。

いや、というよりも英雄さんが纏っていた黒い闇が大仰にうごめいている。

あれって……なんだろ、なんかあるのかな。

もしかしたら攻略の鍵ってあの闇とドレインにある？

だとしたら少し面白いけれど、今の私じゃ絶対に勝てない。

再びのリスポン。

そして再びの特攻からの。

「ドレイン！」

スキル発動。

けどこれが無意味で、鼬《いたち》ごっこに終わるのは目に見えている。

だってさっき蠢いていた、まるでドレインを嫌がるようにしていた闇が元に戻っていたから。

けれどドレインを受けたらまた蠢いて嫌がるように闇が身じろぎする。

うーむ、これは正攻法じゃないのかな。

あるとすればドレイン系の上位スキルをレベル上げた状態でぶっ放すのが正解……ってところかな。

少なくとも一発攻撃受けただけで即死するような状態じゃ無意味、ヒットアンドアウェイで体力回復しながらドレインを繰り返すのが正しい気もするんだけど……。

正直私はここで英雄さんを逃がすつもりはない。

食べ物の恨みは怖いんだぞ？　私のマンドラゴラ踏み潰しておいて勝てないから降参しまーすじゃ収まらない。

……マンドラゴラ?

そういえばあれのフレーバーテキストは鼓膜からの情報ではなく範囲内の相手、その心臓に直接効力を発揮するってあったっけ。

それに未加工で食べると毒が心臓を止める……なおかつこちらのデスペナを重くしようとしている彼女は私の肉を食らう……一矢報いる方法くらいは見つかったかもしれないわね。

「汝、罪の清算は終了した」

「お前の罪がまだ残ってる」

淡白な会話をはさみながら三度の特攻。

けど今度は飛びつくためのものじゃない、重心を前に倒して転ぶ寸前にでんぐりがえし。

無残に踏みつぶされたマンドラゴラの残骸を掴んで背後から飛びかかる。

「無駄也」

しかし当たり前のように胸に杭が撃ち込まれる。

そのままこちらを捕食しようと口を開いた英雄さん、ここにマンドラゴラを突っ込んでもいいけれど嚥下までは持っていけないだろう。

ならどうするか、私がマンドラゴラを食べる！

有毒生物で有名な存在といえばフグだが、実はあれ主食のプランクトンが持っている毒を貯蓄しているだけで適切な環境で育てた養殖のものは無毒だったりする。

それと同じことを私はした。

心臓を撃ち抜かれている私に強心作用が強すぎるマンドラゴラは無意味、既に破壊されているものをどうにかしたところで意味はない。

だけどさ、その毒は即効性らしい。

つまり循環が素早いわけで、私の体は一時的にマンドラゴラの毒を保有しているともいえる。

その肉を食べた英雄さんは、果たしてどうなるかな？

「ぐがっ！」

ビンゴ！　意趣返しなのか耳をかじり取られたけれどそれを飲み込んだ英雄さんは胸を押さえて苦しそうにしている。

「ドレイン！」

ダメ押しのドレイン、明らかに先ほどよりも闇の蠢き方が激しくなっている。

「く、ふふ！　私の心が折れるか、貴女が死ぬのが先か……我慢比べと行きましょうか」

ブラフ、はったりもいいところだ。

マンドラゴラの残りは多くない、ざっと1ダースくらいだけど、こうなっては相手もこちらを食べなければいいだけのこと。

でも少なからずダメージは与えられた、それにマンドラゴラも踏み潰されたとはいえ食べることはできたから満足はしている。

うん、カブみたいな触感で美味しかった。

けど今はそれどころじゃない、こちらは攻撃したいし、デスペナの時間が延びるだけだ。

今は30時間のデスペナが付与されていると表示されている。

察するにお仕置きNPCの特別仕様で回数を重ねる毎に時間が延びていくのだろう。

そして普通のデスペナは6時間、ゲーム内の1日に相当する。

といっても6時間のデスペナはログアウトしていても問題なくカウント進むし、町の中で散策やらなんやらしてたらあっという間だったりする。

だから割と軽いのよね。

「……優勢、されど難敵。罪は清算された、撤退する」

「あ、ちょっと！」

思わず叫ぶけど時すでに遅し、英雄さんは纏っていた闇に飲み込まれるようにして姿を消した。

くっそ、逃がしたか……見逃されたというのが正解だけどさ。

まぁ一矢報いて、マンドラゴラの仇もうてて、ついでにデメリットほぼ無視で美味しくいただけたから良しとしようかしら。

……やはりカブなら煮物がいいかしらね。

あ、漬物もいいかも。

調理系のスキルがあるなら取得してみよう、絶対に美味しく食べてやるんだから！

ふふふ。


しばらくいろいろ考えこんでいたけれど、まずは目の前の出来事をどうにかするべきよねぇ……。

うん、糞運営から届いたメッセージ。

【称号：弱者を取得しました。レベル5になるまで経験値にプラス補正、レベル5になるまでデメリットレベル×2】

おうふ……これね、どういうことだと思う？

あのね、ステータスを確認したの。

そしたらレベルがマイナス3になってた。

堕ちた英雄、つまりお仕置きNPCにキルされるとレベルの下限とかなくなるみたい。

たぶんゾンビアタックによる討伐を防ぐための措置なんだと思うんだけど……ぶっちゃけデメリットレベルが2倍になるという時点でこの称号手に入れる意味ないわ。

しかも経験値補正はレベル5までよ?

具体的に言うならレベル4まで補正がかかって、私の場合8つレベルを上げるまではデメリット2倍。

ついでに色々な種族になるためにデメリットレベルガンガン積んだ私はそれがとても痛い。

太陽光を克服できるのは1日1時間のみ、これから30時間あるうち昼間なのはその半分の15時間。

その間レベリングしても経験値が得られない。

これはデスペナに加えて吸血鬼と人魚のデスペナの重ね掛けの結果、心臓を杭で貫かれたし捕食されたから。

他にもステータス低下とかあるんだけどさ……たぶんほとんどが最低値になってるはず。

確認できないから何とも言えないんだけど、攻撃力も魔法攻撃力も相当高いはずの私のアバターは攻撃力最底辺のゾンビやスライムレベルになっていると考えられるわけ。

結果的に30時間は何をしても無意味に近いと言えるわね。

だからといってログアウトするつもりもないけど、今の私でもできるようなクエストでお金を稼いで探索するくらいはできるはず。

で、次。

【称号：英雄を喰らいし者を取得しました。各種デメリットレベルを3低下させる、スキル覇気を

取得】

これは純粋にプラスの称号ね。

まぁ堕ちた英雄の血を飲んだし、耳を食いちぎってやったから。

そういえば食いちぎったはずの耳もすぐに再生していたわね。

まだ問題児が残っているけど。

【称号：悪魔を喰らいし者を取得しました。デメリットレベル聖属性に弱い＋5、スキル簒奪《さんだつ》を取得】

プラスとマイナスが両立している称号。

でも私にとってはマイナスしかないのよね……だって簒奪ってスキル、もう持ってる。

だって私初期設定で悪魔追加してるし。

この簒奪の能力はいわゆるバフ系統のパッシブスキル。専門用語だからわかりにくいと思うけど自分や仲間を強化するのをバフと呼ぶんだけど簒奪は自分のみに影響を及ぼすスキルで、パッシブスキルというのは常時発動型のスキル。

効果は倒した相手のステータスから何割かを一時的に加算できるというもの。

効果時間が短いし、どれくらいの、そしてどのステータスを奪えたのかもわからない、割と微妙なスキルだったりする。

後半になれば話は別なのかもしれないけどね。

あとはボスを倒した直後とかは超強化されてるはず。

【称号：英雄の真相に触れた者を取得しました。効果は特にありません】

ん、まぁ毒にも薬にもならない称号よね。

真相っていうのは悪魔を食べたって話でしょ？

察するにあの英雄が堕ちた原因は悪魔に取りつかれたとかそんなところかしら。

だとしたら悪魔だけを引きはがせたらお助けＮＰＣにジョブチェンジしてくれたりするかもしれないわね。

でもレベル１５０となるとエンドコンテンツクラスよね……今の私にはどうでもいいことだわ。

まぁ攻略情報にもなるからサイトに載せておきましょう。

【称号：吸血姫を取得しました。種族が吸血鬼から吸血姫へ変化します、吸血鬼関連のデメリットレベルが2減少します】

これは本当にうれしい誤算。

何が原因かはわからないけど、心当たりがあるとすれば大量の血液を吸ったことかしら。

もしくは１５０の英雄の血だったとか、心臓に杭を打ち込まれた回数……は少し簡単すぎるか。

だから血液関係のどれかよね。

まぁデメリットレベルの低下は素直にありがたいわ。

今は2倍になってるけどね！

【称号：無謀を取得しました。特に効果はありません】

【称号：蛮勇を取得しました。特に効果はありません】

【称号：英血を取得しました。種族に英雄が追加されます、デメリットはありません、NPCの好感度を得やすくなります。モンスターに敵視されやすくなります】
【称号：英雄を退けた者を取得しました。特に効果はありません】

うん、あとはこれらか。

基本的に変化はないんだけど、種族に英雄追加というのが気になるところ。

デメリットがないというのはいいんだけど、スキルとか色々増えているのかしら。

純粋にパワーアップしたと思っておけばいいかもしれないわね。

あとは称号の名前的に英雄の血を吸ったことが原因かなと予想できるけど……どうなのかしらね。

ただ他にも英雄関連の称号以外にも何かしらの方法で称号取得からの種族追加はありそうね。

ゲームのコンセプト的に人間性を犬に食わせろな辺り、人間離れすればするほど取得は簡単なのかしら、まぁその辺はゲーム内で色々検証している人たちに任せることにするわ。

それにしても不審者と合わせてNPCの好感度は相殺かしらね。

モンスターに敵視されやすくなる、ゲーム用語を使うならヘイトを集めやすくなるということだから今後はタンク、肉壁の役目もできるのかしら。

私がパーティプレイをするとは思えないけど。

だって少なくとも同伴者は撮影されることになるし、戦闘スタイルとかを開示されることになる。

顔とかを隠していても、モザイク処理とかをしても、結局のところ装備とかそういうのでばれたら意味がないからね。

んー、だとするとりりみたいな使い魔を従えて私がタンク、使い魔がアタッカーという編成になるのかしら。

悪くはないけど、今は無理ね。

レベルがマイナスだし、ステータスは最低値。

そんなやわらかいお肉がタンクやったらすぐに溶けるわ。

というか今の状態でモンスターと戦闘しても絶対に負けると思うし。

だとしたら……採取クエストでも行こうかしら。

でも掲示板周りは人が多いから銀アクセサリー持ってる人とかいたら危険なのよね。

まぁ見るだけ見に行ってみましょう。

……そんなことを思っていたけれど、掲示板前に着いて人だかりが減っていたからラッキーと思って近づいた私。

次の瞬間ピチャッという水を踏んだ音を聞くとともにリスポン。

「……掲示板の周りに聖水まいた馬鹿は誰だぁ！」

まだリスポン地点で呆然としていたＰＫさんたちがその声にびくっとなっていたのは少し面白かった。

「むぅ……」

ステータスを見ながら唸る。

ひたすら唸り、頭を抱えて、そしてがくりと首を落とす。

「な、なぁ……何やってんだ？」

「デスペナ中は採取クエストでもやろうと思ってたの。だけど掲示板周りに聖水ばらまいた馬鹿がいて、お金もないしやることがなくなって……」

あの後何度か特攻してみたけど聖水は常に補充されているらしく、水たまりが消える様子はなかった。

いっそあそこに何度も突撃して堕ちた英雄でもぶつけてやろうかと思ったけど、どうやら複数人でやってるらしい。

やってる側からしたらライバル減るし、私みたいなのが飛び込んでくれれば経験値も稼げて美味しいんだろうなというのはわかる。

主導しているのはなんの種族も選ばなかった、いわゆるバニラと呼ばれる人間プレイヤー。

その恩恵を受けているのは聖属性と聖水を弱点にしなかったプレイヤーだと思う。

聖水も微量ながらに聖属性をはらんでいるから、どうしてもね……。

「なぁ、聖水は触れたらだめなんだよな」

「うん、掲示板の周りびちゃびちゃになってるからどうやっても近づけない」

「その翼と触手は？」

「え……？　あっ！」

そうだ、飛んで近づいてドライアドの触手でひっぺがせばいいんだ。

このゲームには部位特性っていうのがあって特定部位が弱点にもなるし、逆にデメリットレベル無視できるポイントだったりする。

私の場合翼も含めて全身が聖属性にも聖水にも太陽光にも弱いけど、唯一それを克服できるのがドライアドだ。

精霊というだけあって聖属性とか聖水は弱点じゃない。

故にこの触手だけは聖水に触れても問題ないんだ。

とはいえ聖属性をぶつけられたらダメージ受けると思うけど……今は関係ない！

「ありがとう！　お礼にこれあげる！」

「お、おう……って380ルルはいらねえって言ってんだろ！」

後ろから聞こえるＰＫさんの言葉を無視して広場へ突撃。

まだ人だかりはあるし、何人かが聖水まいているのが見える。

そしてゾンビアタックを仕掛けた私を見てにやりと笑みを浮かべたのも見えた。

後でマンドラゴラの刑だ。

「馬鹿め」

翼を広げて低空浮遊、ふっふっふ……聖水まいてる奴らの驚いている姿が実に滑稽だ。

そのまますいぃーと掲示板に近づいて、めぼしい依頼を見つけて触手ではぎとる。

採取クエスト、薬草の採取だ。

同時に眼前に『**薬草採取のクエストを受けますか**』というメッセージが現れてイエスを選択。

よっしクエスト受注かんりょ……？

「え？」

ぱしゃりという音と共にリスポン……やろう、聖水直にぶっかけやがったな？

「衛兵さーん！」

広場を何度か往復している間に戻ってきた衛兵さんや他のＮＰＣ。

再び門番を始めていた衛兵さんにさっきの出来事を伝える。

「なるほど……それは迷惑だな、取り締まりの対象だろう」

「ですよねー」

「あぁこちらで手配しておく、英雄様との戦いはどうだった？」

「もう一方的にぼこぼこ、でも一矢報いることはできたから満足です！」

「そいつは……頑張ったな、いつか英雄様を安らかに眠らせてやってくれ」

「はい」

んー、この口ぶりは何か知っているんだろうけど深掘りしたらよくないことになりそう。

ここで無意味に好感度を落とすのも愚策だから素直に返事をして終わりにしよう。

それとメニュー画面から広場の状況を運営に通報、衛兵さんも動いてくれるとは言ってたけど運営動かした方が早いからね。

まぁ動くとは限らないけどさ、迷惑行為であることは間違いないから注意くらいは飛ぶでしょ。

それに目的の採取クエストは受けられたから問題はない。

むしろここに戻るまでの時間が短縮されたと思っておこう、その方が気が楽だ。

そういえばＰＫさんたちは姿を消してるしログアウトしたのかな、フレンド登録したかったんだけど……なんかの機会で会えたら今度はお願いしてみよう。

それより薬草採取か……小説とかだとこういう時にレアなクエストとかエリアボスに襲われるんだけど関係ないよね。

私勝手にボスみたいなの呼び出したし、あの英雄さん。

しかし薬草とはまた適当なネーミングだなぁ、上級薬草とか特殊薬草とかそういうのが出てくると思っておくべきなのか、それとも生産職の人があれこれ研究する感じか……。

ＭＭＯは種類によって回復アイテムの方が使い勝手がいいか、ヒーラーの腕前に頼るかが分かれるけれど化けオンの方針的には前者かな。

だって、このゲームまともにヒーラーできないし。

なにせ回復魔法の大半が聖属性だから下手に使うと味方をキルしちゃうから。

それ以外でも何かしらの属性を、例えば風属性で味方の能力を底上げするなんて魔法もあるらしいから、うん……仲間を組む時しっかりデメリットレベルとか考えないと死ぬのよ。

そんな理由もあってＰＫ推奨のこのゲームではパーティプレイはあまりお勧めしませんよってな扱いになってる。

そもそもパーティを組んだとしてもフレンドリーファイアとかあるし。

「ま、いいか。どうせのんびりやるつもりだったんだし今日は薬草採取終えたら街をぶらぶらして落ちよう」

リアルでもそろそろお昼ご飯の時間だ。

……あと無残な音立てたマグカップ、片づけなきゃね。


それから何事もなく薬草採取を終えてクエスト報告してルルをもらった。

相変わらず採取の時に周辺の植物から罵られたけど、もはや気にする必要なし。

人間性を犬に食わせるのがこのゲームのコンセプトなんだから罵倒で傷ついてもねぇ……。

そもそもリアル職業のジャーナリストが世間では風当たりが強い。

発言力の高さを持っているくせに、自分の発言にどれだけの重みがあるのかを理解していない人が多いから。

そういう芸の人もいるからまた面倒くさいわ。

……さて、そろそろ現実を見るか。

「マグカップ、買い換えないとね」

粉々になったマグカップを見つめる。

うーむ、これは掃除も一苦労。

シンクにも傷がついてしまったけどそれはいいとして、朝食の残ったパンが冷めてしまっている。

これだけじゃ足りないしもう2枚くらい追加してピザトーストでも作ろうかしら。

作り置きのトマトソースとチーズとサラミでできるお手軽レシピだけどね。

グルメリポーターがいつもうまいもの食べてると思うなよ？　家じゃ面倒だから手抜き料理ばかりじゃ！

「つっ」

マグカップを片付けていると指を切ってしまった。

うーん、注意力が散漫。

英雄さんとの戦闘で集中力使い切ったかしら。

そんなことを思いながら血をにじませる指をパクリ。

……普通に血ね、美味しいとか美味しくないとか以前の問題。

どうせならすっぽんとか蛇の生血の方がいいわね。

でも化けオンの味覚エンジンはすごいものがあるわ。

味覚では血だと認識しているのに美味しいと思い込ませる、実のところ脳に直接データ送れるならそこまで難しい技術じゃないんだけど、下手なメーカーがやると味覚からして別の何かという感じになる。

多分味覚エンジンのためだけに仮想遺伝子をいじくってると思う。

本来なら医療とか農畜産で使われる分野で、精子の動きが悪い男性とか無精子症の人が良く利用する方法。

またはがん治療なんかに用いられる仮想遺伝子シミュレーターをこうしてゲームに使ってくるというのは盲点ね。

ちなみに農畜産方面だとワインのような風味の血を持つすっぽんの研究が進んでたりする。惜しむらくは悪魔の味がわからなかったこと。もしかしたら噛みつきながらドレインしたら味がわかったのかもしれないわね。

後で適当なウサギ相手に試してみましょ。

今の私が使える攻撃手段、ドレインしかないから。

そりゃ首とか心臓を狙えば倒すのは簡単だけど、デスペナで経験値が得られない今わざわざノンアクティブモンスター、つまりこっちから攻撃仕掛けなきゃ襲ってこない相手の急所狙いなんてリスクしかないわ。

だったら攻撃としてみなされない撫でる程度の行為からドレインぶっぱの方がよっぽど安全で確実だもの。

「あ、ピザトーストできた」

オーブントースターがチンッという音を立てて完成を知らせてくれる。

こちらもなんだかんだ考えながらマグカップの散らばったシンクの掃除も終わったし、お昼ご飯にしよう。

それからは……デスペナあるし、また掲示板周り面倒なことになってそうだからブログサイトの更新かな。

「ん、おいし」

考え事をしながら齧りついたピザトーストはとても美味しかった。

自画自賛になるけど、作り置きのトマトソースがいい塩梅だわ。

「ここにタバスコを……んー！　もう何枚でも食べられちゃうわこれ！」

……いやね、本当美味しいから仕方ないよね。

それと普段カメラ回してるからついつい喋っちゃう、よくない癖だとは思うんだけどねぇ。

ま、ご飯を美味しいと言って嫌がる人は少ないからいいでしょ。


【人間性】化けオン総合掲示板6【捧げた?】

821：名無しの化け物
掲示板周りに聖水まいたやつ絶対許さない

822：名無しの化け物
俺もだ、つかこれ迷惑行為で通報できるよな

823：検証班
βではよくあったな、改善されてない……というか仕様の一部ってことかね

８２４：検証班
＞＞８２２
通報できるが運営が動くかは知らん
βでは聖水まくだけなら問題なかった、直接ぶっかけてまで妨害したらさすがに注意飛んでたけどな

８２５：やわらかとかげ
町に入れない俺高みの見物

８２６：名無しの化け物
そっかぁ、さすがにぶっかけはＮＧか

８２７：名無しの化け物
おい、面白いブログ見つけたぞ
【ＵＲＬ】

８２８：名無しの化け物
とかげはまーじで高みの見物してやがるよな

空飛びながらブレスで雑魚狩りしてるし、でもＰＫしまくって英雄出てきたらスクショくらいはとれよ？

８２９：名無しの化け物
お？

８３０：名無しの化け物
んー？　化けオン食い倒れ日記？
なんだこりゃ

８３１：名無しの化け物
女性プレイヤーが自分のプレイを録画して動画載っけてるんだよ
そこに噂の英雄さん出てた

８３２：名無しの化け物
ちょっと見てくる

８３３：検証班

俺も面白そうだし行ってくる
８３４：やわらかとかげ
俺もそろそろ疲れてきたし休憩がてら見るかな
８３５：名無しの化け物
あれ、この人のブログ……暴食さんのサイトじゃね？

【掲示板住民動画視聴中】

８９５：検証班
色々面白い称号とかでてたな……これゲーム内で俺らに情報売ってくれたら金払ったのに
８９６：名無しの化け物
人間性を犬に食わせまくってて草
８９７：名無しの化け物
拾い食いはダメって言ったでしょお姉ちゃん！

898：名無しの化け物
レベルがマイナスって……いや、ゾンビアタック防止の策かな？
899：やわらかとかげ
俺食われるかもしれないと思ってふるえてます……
900：名無しの化け物
あーやっぱ暴食さんのサイトだったわ
901：名無しの化け物
そういやさっきもそんなコメあったな、誰だ？
902：名無しの化け物
調べてきたが俺もテレビで見たことあった人だわ……
903：名無しの化け物
暴食さん、本名は知らねえけどグルメリポーターやってる人

フリーランスのジャーナリストなんだけど、食べられるなら何でも食うって言ってた
一番有名なのだと動画サイトに転載されてるが、ヴィーガンとの対談だな
「命を奪うのはいかがなものか」という答えに対して「私は豚や牛が人語を喋れたとしても食べますよ。あなたは野菜がしゃべっても食べますか？」って聞き返してた

９０４：名無しの化け物
あ、その動画見たことあるわ
低評価と高評価が真っ二つになってた

９０５：名無しの化け物
冗談みたいなこと言ってるんだな……
いや、英雄さんの耳食いちぎった挙句飲み込んでるからマジでやるんだろうなこの人

９０６：名無しの化け物
動画見たことあるやつなら知ってると思うが結構美人
アバターも面影あるしな

９０７：名無しの化け物

しっかしあのＰＫ達はなんというか……憎めないやつらだったな

９０８：名無しの化け物
ジュース買ってんじゃねえよハゲ！

９０９：検証班
仲間内にブログ教えてきた
んでこいつ、俺たぶん知り合いだわ
といってもリアルじゃなくて別ゲーだけど

９１０：名無しの化け物
検証班その辺り詳しく

９１１：検証班
俺もいろんなゲームやってるんだがこいつあっちこっちで五感エンジン、とくに味覚エンジンをいろいろ悪用というか……まぁある意味では正しい使い方をしているんだ
毎回何かしらの五感エンジン搭載ゲームに参加しては食い倒れしてる
一番有名なのは「血液偽装みそ汁事件」だな

９１２：名無しの化け物
あ、それ知ってる
たしか運営が血液の味覚エンジンを適当に設定した結果みそ汁味の血液になったんだよな

９１３：検証班
その後吸血鬼プレイヤー、といってもこれは別ゲーで、偽装事件があった作品なんだがな
みんな手あたり次第あちこちのＮＰＣに噛みついて血を飲んで好みのみそ汁を探したわけだ

９１４：名無しの化け物
地獄絵図で草、しかもみそ汁目当てというのが草

９１５：検証班
結果、いくつかの街が吸血鬼の巣窟になった
ＮＰＣの吸血鬼化だな
どうなったかといえばＮＰＣは吸血鬼になってもルーチン通り行動する
そして太陽光ダメージ受けて死ぬ
結果いくつかの都市が滅びた

916：やわらかとかげ
ひえっ……それ、このゲーム大丈夫なん？

917：名無しの化け物
うっへぁ……こえぇ

918：名無しの化け物
それ、結局どうやって収拾つけたん？

919：検証班
結局NPCへの攻撃不可にした
滅んだ都市はダンジョンになった

920：名無しの化け物
あー……そういやMMO事件動画でそんなの見たなぁ
酷い事件だったね

９２１：検証班
しっかし吸血姫に英雄に……ついでにあの堕ちた英雄に悪魔が取り付いている可能性
レベルがマイナスまで行くとか色々面白いな
アセンはぱっと見吸血鬼ベースか
赤い線と翼は悪魔で、もう一組は吸血鬼だが最後のがわからん
腰の蔦はドライアドで、武器を装備できない系の種族もとっているのか？
堕ちた英雄のデスペナは最大限になるから食われていた辺り人魚も含まれてるかもしれんな
あれはデスペナ系デメリット全部網羅する殺し方してくるから

９２２：名無しの化け物
あ、あの翼多分夢魔だわ

９２３：名無しの化け物
使ってた魔法とか、殺した狼従えてた辺りはネクロマンサーなんかも持ってるんじゃねえかな

９２４：名無しの化け物
最初ペナルティエリアにいたよな、とかげどうなんだ？

９２５：やわらかとかげ
あのじーさんは見覚えあるわ
間違いなくペナルティエリアだな

９２６：名無しの化け物
なぁ、あの弱者って称号とか英雄を喰らいし者っての有益なんじゃゃね？

９２７：名無しの化け物
ペナルティどんくらい支払ったんかな
普通にレベル上がってたからそこまで重くはないと思うけど……そういや５０００ルル持ってたから２ポイントくらいか？

９２８：検証班
英雄喰らった称号は化け物にには有用だけど人間には微妙なところだな
それに弱者についてはレベル上がりにくくてデメリットない人間についてだと思うが、意味ないというのも落ちた英雄出てくるほどＰＫすればレベル５は簡単に到達するからだ

９２９：やわらかとかげ

なんかお前らまじめだな、俺ずっと英雄さんの声聞いてる
あれＣＶ誰だろう

９３０：名無しの化け物
奇麗な声だったよな、スカートじゃないけどそれがいい
あの目隠し外したらすっげぇ美人だろうな

９３１：名無しの化け物
つーかさ、これ吸血鬼のデメリットで心臓に杭打ち込まれたらペナルティ増加ついてると思うんだわ
あともう1つは検証班の想定だと人魚で食われたらペナルティ増加だよな

９３２：検証班
たぶんな、他にも俺達じゃカバーしきれてない部分があるから何とも言えんが

９３３：名無しの化け物
それがどうかしたんか？

934：名無しの化け物
今気にするところか？

935：やわらかとかげ
デスペナは俺も怖くてとってないが……

936：名無しの化け物
たぶんだけどお仕置きNPCとの戦闘に限り対象は全部のデスペナ系デメリットぶち込むまでHP全損しても消えないし動けるんだよな
じゃなければ気合か？

……だとしたらさ、これ堕ちた英雄ちゃんに抱き着いたりキスしたりとか、できるんじゃないか？
基本的にハラスメントはプレイヤーに対してのみだから

937：名無しの化け物
天才じゃったか

938：名無しの化け物
ちょっとキャラクリリメイクしてくる

９３９：名無しの化け物
お前だけを死なせるかよ、俺も行く

９４０：名無しの化け物
ふっ、馬鹿どもが……俺も付き合ってやろうじゃねえの

９４１：検証班
あー、このゲーム見たところルーチンじゃなくてＡＩ搭載型ＮＰＣだから躲されるか速攻ぶち殺されるのがおちだと思うがな……

９４２：名無しの化け物
男には

９４３：名無しの化け物
時として

９４４：名無しの化け物

やらねばならん時があるのだよ

945：検証班
そうか、なら最後にいいこと教えてやる
攻撃判定のないボディタッチだがな、うちの変態が確かめたんだよ
NPCに対してだが謎の壁に阻まれて触れなかったそうだ
だけどNPCの対応は触られたものとして反応して、衛兵に取り押さえられたらしい
逃げたら逃げたで空から弱点属性の攻撃が降ってきたとかなんとかで、デスペナつきだったから運営からのお仕置きと見るべきだな

946：名無しの化け物
はい、解散

947：名無しの化け物
空気読めよくそが

948：名無しの化け物
お前には失望した

９４９：やわらかとかげ
ちっ……

９５０：検証班
いや……お前らが無駄なキャラクリする前に止めてやったんだろうが
ついでにだが俺たちの検証した範囲内だと堕ちた英雄はこっちがレベル10以上の時はどこまで下げてもレベル10までだった
つまりキャラクリリメイクするためにデスペナでレベル下げるってのはできないってことだな
ただしレベル10から11に上がるための経験値だけが増えるみたいだ

９５１：名無しの化け物
ほーん、しかしそんな情報べらべら流していいのか？

９５２：検証班
俺らはいろいろ確かめたいだけで、情報を売りたいわけじゃないからな
かといって個人情報ばらまくようなこともしない
常に中立だ

953：名無しの化け物
ひゅー、かっこいいな

954：やわらかとかげ
でもさ、お金次第では情報売るんでしょ？

955：検証班
そりゃもちろん、ちなみにやわらかとかげの情報は10ルルだ

956：やわらかとかげ
やっすいわ！

957：検証班
そんな適当アセンで、面白味がない奴の情報なんかその程度だわ
ちなみにこの……暴食さん？
彼女が持ってる情報やアセンだったら最低でも50万ルルからスタートだな

958：名無しの化け物
それをふいにした……というか、そういうのはあまり興味がないって感じか
959：検証班
良くも悪くも、ゲームは楽しむものであって序盤でバランス壊れるほどの金は欲しくないタイプで
もあったからな
それにどのみちこっちがこんな大金用意できなかった
つか多分飯おごってやるって言った方が喜ぶが、財布がすっからかんになる
960：やわらかとかげ
……エンゲル係数やばそうですね

第4章　イベントの時間だおらぁ！

　さてさて、今日も今日とて元気にログイン。

　朝食はしっかり食べて、昨日のうちにある程度の金策もした。

　デスペナのおかげでレベルはほとんど上がらず、今はマイナス1になってる。

　まぁ称号とかのおかげもあって経験値が減らされてもこのくらいなら上がるということなんでしょ。

　でもまだデスペナ続いているから無茶はできないのよね……。

「お？」

　ログインしてみると人だかりができていた。

　落ちたのはリスポン地点だったけど何かイベントかしら。

「おい押すな！」

「あれが英雄ちゃんか！　かわいいな！」

「スクショじゃぁ！」

　あぁ……誰かが堕ちた英雄さんを呼んだのね。

ブログの再生数がやけに伸びていたからプレイヤーが見て真似したのかしら。

うーん、ちょっと抜け道になるかもしれないけれどドレインなり吸血なりで種族進化させてキャラクターリメイクするというのもあるのかしら。

英雄さん以外にもそういうので種族獲得できそうな相手がいたら、という仮定だけどね。

そう思ってメニュー画面開いてみたらキャラクリリメイクの項目が選択不可能になっていたわ。

なるほどね、そういうズルは許さないということかしら。

まぁ複数キャラクター作れるゲームだしその辺は割り切れるでしょ。

オンラインRPGもロールプレイ、役割を演じるゲームという意味なんだから悪党になったり正義の味方になったり、ヒーラーやったりアタッカーやったりとね。

「汝の罪は清算された」

あ、終わったみたい。

英雄さんの声が響くと共に歓声が広がった。

同時に別のプレイヤーが英雄さんに突っ込んでいくのが見えて、一瞬でひき肉にされている。

ある種の腕試しも兼ねているのかしら。あの後確認したけれどインベントリから簡単なアイテム類が消えていたからあれもお仕置きの一環だと思うのだけれど……仲間にアイテムとかお金全部預けているのかしら。

マンドラゴラがとられなかったのはクエストアイテム扱いだったのかしらね。

「ちょっと失礼」

「おいおい、割り込みは……ってあんたあのブログの？」

「フィリアって言います、割り込みになっちゃうけどちょっとごめんねー」

そう言ってプレイヤー数人とバトルを繰り広げ始めた英雄さんの背後に回って首筋に噛みつく。

「カプチュー」

「……汝、咎人なりや？」

「んー？　空腹度回復のための補充なんでお気になさらず」

「……邪魔なり」

「まぁまぁ、私くらい背負ってても戦えるでしょ」

「………………」

何やらあきらめた様子で英雄さんが戦闘中だったプレイヤーたちに向き直ったけど、肩から私をぶら下げているのよね。

なんともシュールな光景だけれど、英雄さんの血が美味しいのが悪い。

というかこれ罪にならないのね、ゲーム的に言うならヘイトを稼がずカルマ値の増減にも関係ないのかしら。

ダメージ判定出てないわけじゃないと思うけど、英雄さんからしたら蚊に刺されたようなものなのかもしれないわね。

「ぷはっ、ごちそうさまー」

何やらもの言いたげな英雄さんを尻目に掲示板に直行。

聖水地雷も設置されていないし、変な人たちが待ち構えている様子もない。

昨日のアレでお仕置き喰らったか、あるいはリターンの少なさに気づいて辞めたか、それとももう別の街に行ったかのどれかね。

んー、今日は何しようかしら。

お金はあるけれど昨日みたいに豪遊したら一瞬で消し飛ぶ金額だし、また金策……でもそれだとつまらないわよね。

んー、だとするとちょっと町の外歩くのもいいかもしれないわね。

この辺りはレベル1のウサギとレベル2の狼しかいないらしいからレベルマイナス1の私でもどうにかなるでしょ。

いざとなったらウサギか狼を下僕にして数の暴力という戦法もあるから。

「……でもこれ考えるなら掲示板前までくる必要なかったわね」

あの雑踏の中でまともに考え事ができるとは思えなかったけれど、でも行き当たりばったり過ぎたわ。

反省しましょ。

でもねぇ……このまま元の道を戻って街の外に出るのもちょっとあれなのよね。

ならまずは冒険の準備と行きましょうか。

傷を治してくれるポーションや、いわゆるＭＰを回復してくれるマナポーションの部類は私には不要。

どちらもドレインで事足りるし、そもそもそんなに魔法を使うスタイルじゃないから。

必要なのはお弁当と……あとあるなら頑丈な日傘かしら。

いかんせんそこらへんに生えていた木と草で作った日傘はしなびてきてるのよね。

それに太陽嫌いの称号による太陽光ダメージの1日1時間というのがどの度合いなのかわからないから。

例えばリアルで1日1時間なのか、ゲーム内の1日1時間なのかでだいぶ変わるからね。

後は何かな……装備は特に必要ないでしょ。

だって今のレベルで強い防具を装備することはできないし、武器はそもそも持てない。

だったら、ねぇ……もうお弁当買うくらいしかないわ。

日傘もなければ作ればいいだけだし。

「よしっ、まずは日傘を探しましょう！　えーと、売ってるとしたら服屋さん……ゲーム的には防具屋さんかな？　それとも武器扱いになるのかしら……だったら装備できないのよね。あれ、でも装備できないだけで傘として持つことはできるのかしら……」

ぶつぶつと呟きながら商店街を目指して歩を進める。

途中で生産職の人たちが露店を開いたりしているけれど、横目で見る限り私が欲しいものはなさそう……だった。

「これって……」

「いらっしゃい、幕の内弁当作ってみたんだ！」

「買います！　買えるだけ買います！」

青白い肌のお兄さんが売っていたお弁当を見て日傘とかどうでもよくなって有り金はたいてしまった……反省はしているけど後悔はしていない。

「……まぁ予定は未定というしね、とりあえずサクッとレベルをプラスにしちゃいますか」

ほくほくと、お弁当を抱えながら町の外に足を向ける。

リスポン地点になっている町の入り口は英雄さんの残した傷跡が大きかったのか、何人かのプレイヤーが涙目になりながら修繕作業させられていたけれど……もしかして大きな魔法とか使ったのかな？

「何があったんです？」

「ん？　あぁお前さんか。さっき英雄様と戦ってた連中が風やら炎やらの魔法をぶっ放してな……この辺りに被害があったんで修繕作業が終わるまでここで仕事をするように英雄様が呪いをかけていったんだ」

「へぇ……」

そんなデスペナもあるのか。

考えてみれば私が積んでいるデスペナ増加系のデメリットも「ペナルティ増加」としか書いてないからどんな内容なのかわからない。

今までのゲームだと取得経験値低下、レベルダウン、ステータス低下辺りがポピュラーだったから深く考えていなかったけど……ミスったかしら。

まぁなるようになれという感じかしらね、どうせ最前線でボスを倒したいとかそういうの考えてないし。

そういう意味では生産職として仕事をするのも……あぁダメか、このゲームはスキル性じゃないんだ。

スキルを会得、メニューで操作してポンッとアイテムができるって仕組みじゃない。

自分の手でコツコツと作らなきゃいけないわけだから相応の知識が必要なのよね。

でもドライアドの植物の声が聞こえる能力を利用すればポーション系くらいは作れるかしら。

……いや待て、だとすれば野菜弁当とか作る時私有利？

武器とか鎧作るならそれなりの緩和措置が取られているはず、そうじゃなければ生産職が成り立たない。

だって、現代で武器や鎧を作れる人、それも趣味の範疇《はんちゅう》を超えた実用性のある物を用意できるかとなればまずいないでしょ。

ポーションにしても調薬なんて専門技能だから一般人にはできない。

だからやっぱり何かしらの緩和措置とか入っているはずだし、専門の道具があればミニゲーム的な感じでそういったものが作れるのかもしれない。

同じ理由で料理も作れるとしたら……。

手元の幕の内弁当を見るとお店で売られているものと遜色《そんしょく》ない。

インベントリ内にある分を見ればフレーバーテキストには品質C＋と書かれている。

何段階あるか知らないけれど、悪くはないと思う。

そして私はそれなりに料理ができる。

自炊が長かったこともあるけれど、あちこちを飛び回っていたから自分で料理しなければいけないことも多かった。

苦手な食べ物はないけれどレストランとかだと家庭料理の類は置いていないからね。

地元の人にお金払って、作り方教えてもらって、モーテルでコンロとか使いながら作って食べる。

それが私のやり方だった。

同じ方法がゲームの中でもできるとしたら……未知の食材を自分で美味しく調理するチャンス！

しかも吸血鬼……いや今は吸血姫だったかな、だからブラッドソーセージみたいなのがもっと美味しく感じられるかもしれない。

チャレンジしない手はないわね……とはいえ、幕の内弁当でお金がない。

お金がないなら稼ぐしかない。

どうやって稼ぐかと言われたら、モンスターをハントするのが定石よね。

掲示板依頼の中には薬草採取以外にもモンスターの素材集めなんかもあった。

あれは素材を持っている状態で受けても依頼完了になったはず、それでレベルを上げつつモンスタードロップ素材を集めて依頼納品、余った分や料理とか、今後のプレイで使えそうなものは残すか露店で売る方針がいいわね……。

ふふっ、楽しくなってきたわ！

そんなことを考えてからはや数時間、ウサギとか狼を追いかけまわしていたら突然リスポンした。

太陽光のことすっかり忘れてたわ……称号のリキャストってところに残り5時間ってあるからゲーム内時間で1日1時間ということね。

1日が6時間に設定されているから昼間のうち1／3生身でも行動できるのは大きいわ。

問題があるとすればインベントリ開いて日傘取り出すまでに何度もリスポンしたことくらいかしらね……いやもう本当にひどかったわ。

最初のうちはどこに何のボタンがあるかを覚えながら、蒸発する瞬間にアイコンを選択。

それを繰り返すだけの苦行になっていたもの。

そもそもリスポン地点に太陽光が当たるように設定した人は何を考えていたのかしら……。

うーん時間を見つけてもう少し太陽光ダメージとかのデメリットを軽減できるようにするべきかしら。

とはいっても、これ以上軽減できる称号があるのかはわからないんだけどね。

「でもこれで食材は集まった……簡単なお使いもできたからお金も手に入ったし、料理をしてみましょう」

思い立ったが吉日、既にしおれ始めてしまった草木で作った日傘をさしながら町を散策した。

まず目に入ったのはレストラン。

……断じて食べたいというわけではないんだ。

うん、食べたいけど今はそうじゃないんだ。

厨房を借りられないかと思って立ち寄ったんだけど、そういうサービスはしていないとお断りされてしまった。

ちなみに宿屋も同じ対応だったのでＮＰＣショップを覗いて回る。

そこで見つけたのが【調理キット】なるアイテム。

他にも【錬金キット】とか【鍛冶キット】なんてのもあった。

その辺はあまり興味がないので無視。調理キットを３０００ルルで購入。

「むふふ……これでご飯が作れるのか」

木箱に詰められたコンロや包丁を眺めながらあれこれと思案する。

うんうん、なんかインスピレーションが湧いてきたぞ。

早速日当たりの悪い路地裏に入って調理開始！

まずマニュアルとオートを選択できるのね……オートだと特定の食材を集めて既存のレシピから作成するものを選択できると。

なるほど、料理が苦手な人や錬金術や鍛冶なんかできるわけないだろという突っ込みに対する答えがこれなのね。

他のキットにもマニュアルがあるのかしら……だとしたらマニュアルで作れる人はすごいわね。

っと、それはさておき普通にマニュアルで開始。

まずはとってきたウサギのお肉だけどどうしましょう……インベントリから取り出してみた感じ

血抜きはされているように見える。

ただこのウサギ、流石ゲームと言うべきか普通とは違う。

角が生えているのだ。それもトリケラトプスのような立派なのがカラフルに。

とりあえず赤い角を齧って見ればピリッとした辛み、唐辛子のような味。

黒い角は黒糖のような甘味、黄色はレモンのような酸味、緑は薬草を思わせる苦み、そして青はハッカのような爽快感があった。

……なんだこの食べられるために産まれてきたような生物は？

まぁ肉自体はさっき1つつまみ食いしてみたけど生臭いとかそういう感じはなかったし、普通のウサギ肉って感じだったわね。

初めてペナルティエリアで食べた狼の肉が血生臭かったのは単純にネクロマンサーの能力で死体がアイテム化していなかったからでしょう。

そう思いながら摘んできた薬草とキットの中にあった胡椒を振りかけてよく揉む。

それからしばらく寝かせて、フライパンの準備。

肉に塩をもみこんですぐにフライパンに投入！

そこに手刀でへし折った赤い角を握り潰して粉末状に、お好みでかけられるように冒険者セット的なものに入っていた袋に入れて保管しつつ隠し味的に一つまみ。

他の角も同様にして保管したはいいけど、今後のこと考えて乱獲したいわね……調味料っていくらあっても足りないし。

あまり長いこと塩につけておくと肉汁が逃げてしまうって聞いたからね。

ちなみにウサギ肉は他の肉よりも臭みが少なめだから香辛料とかを使わないでも食べられる。

中国なんかだと一口サイズに切って軽く味付けして焼いたウサギ肉をゴロゴロと載せた大皿にひっくり返したコップを載っけて提供することもある。

このコップの中にはビールが入っていて、時間がたつにつれてコップから流れ出てきたビールが味を変えてくれるという寸法なのだけれど、取材に行ったときこの手のコースを1人で全部食べて驚かれたことがあったわ。

美味しかったからいいんだけれど、帰ってからダイエット大変だったなぁ……。

と、それはともかくとして今は料理に集中ね。

せっかくのウサギ肉、最初はステーキでいただくつもりでいる。

フライパンに投入後はまず強火で表面を焼いて、側面も焦げ目がつくくらいに火を通す。

こうすることでうまみを閉じ込めることができるのだ。

そして最後に弱火でじっくりと火を通していくと……完成！

【ウサギ肉の薬草ステーキ：☆5】と表示されている。

これはなかなかの評価なのかしら、星が最大いくつなのかわからないけれど食べてみればはっきりするでしょう。

「というわけで、いただきます！」

キットの中には食器類がなかったので葉っぱのお皿と包丁で切って手づかみで野性味があってこ

【ウサギ肉の薬草ステーキ：☆5】

れもよし。

一口食べてみると少し塩気が強い感じがしたけれど薬草の香りが鼻に抜けていく。

ステーキの食感、だけど干物を食べているような感覚ね……☆5というのはあまりいい評価ではないのかもしれないわね。

胡椒の風味も飛んでしまっているし……でも美味しいわ。隠し味のトウガラシっぽい角で味が引き締まっている。

これたぶんパンにはさんだら絶品よね。

……パンはないけど幕の内弁当にご飯がついているはず。そう思ってインベントリから取り出したお弁当は☆10と表示された。

なるほど、倍の出来栄えということね。

これは期待できるわ……そう思ってまず鮭をパクリ。

ホロホロとほどけていくような食感の鮭がわずかな塩味をにじませる……にくい仕事してるわね！

これだけでもご飯3杯余裕で行けるわ。

だけど今はそのご飯を食べるべきじゃないの。

こうして……ステーキをのっけて丼に！

先ほどまでは強すぎると思っていた肉の塩気が逆にいい具合になっている。

葉っぱのお皿にたまった肉汁もかけて口に放り込むともうたまらない！

幕の内弁当のおかずを箸休めに、濃いステーキ丼を食べ終えた私はすっかり満足していた。

が、ポーンという音に余韻を邪魔される。

【称号：料理人を獲得しました。マニュアルで作成したアイテムをオートで作成できます。その際完成度は☆3で固定されます。この称号はクラフトの説明であり称号の有無にかかわらず全プレイヤーが備えている効果です】

【称号：調理師を獲得しました。完成した料理に手を加えることで完成度を上げることができますが、失敗すると完成度が下がります。この称号はクラフトの説明であり称号の有無にかかわらず全プレイヤーが備えている効果です】

なるほど、つまるところみんなできるけれど実際に体験してみないと判明しないという類の物ね。

それを称号という形で教えてくれるのは便利だけれど、最初から教えてほしいなというのが本音ね。

それと完成度の最大値がいくつなのかを知りたいところなんだけど……。

まぁいいか、それよりじゃんじゃん試してみよう。

さっき買ってきた卵を使って親子丼風にしてみるのもいいし、塩釜焼も試したい！

それから淡白なお肉だからこそステーキはもっと美味しくできそうだし、中華にも挑戦したいなあ。

うん、やることたくさんだ！

がんばるぞ！

それからしばらくして色々作っては食べてを繰り返してからログアウトしてブログを更新した。

塩釜焼はハンマーがなかったけど普通に殴ったら塩釜が割れたからよしとして、やっぱり淡白な分塩味が効きすぎてしまうという問題がわかったから２回目のステーキはもみこむ塩を減らしてみたら☆７になった。

とても美味しかったし、☆10とかが最大値なのかな。

それにしては☆５の味は微妙だからもう少し先もあるのかもしれない。

こういうのも手探りでやっていくしかないのよね。

逆に黒い角とか赤い角なんかで色々創意工夫してみても面白いけれど、今は時間がない……というかアラートでリアル空腹を伝えてきてるからログアウトしないと。

掲示板とか見たらいろいろ情報載っているかもしれないけれど好みじゃないからパス。

そのうちある程度の情報が出そろって、こっちも食材調達とかに困ったら覗いてみましょう。

それにしても……なんかリアルでもお肉食べたいわね。

今晩は鶏ささみのサラダと、豚バラ肉で焼き肉にしましょう。

ニンニクも効かせてがっつりと行きたいわ。


それから一晩眠って、仕事のメールの確認。

昨今の情勢を見るに中東やヨーロッパが少し荒れているみたいだから海外系の仕事はなさそうね。代わりに日本のご当地グルメ祭りの取材を頼まれたけれど1か月後か……日帰りできる距離だから荷物は少なめでいいし今から準備することはないわね。

ブログの方はと……おぉ、飯テロ注意のコメントがたくさんついている！

実際美味しかったから仕方ないわね。

あれ？　このコメントなんだろ……化けオンのサイトに繋がってるＵＲＬみたいだけど、変なサイトに飛ぶようなものじゃないわよね。

とりあえず飛んでみるとイベント開催の告知が行われていたわ。

サービス開始数日でイベントとは、と思ったけれど内容を見て納得した。

どうやら「レベル20で解放されるプレイヤーからの、アイテムドロップなどが遠い、早くその辺りを体験してみたい」というコメントが多数あったらしい。

たしかにレベル20というのは結構先の話だし、体験できるまでの時間を考えると先の長い話になるわね。

そこで運営は特別なエリアを設けて、その中ではプレイヤーからアイテムがドロップするようにしたらしい。

といってもアイテムランクは最低値、レアドロップの確率は下げられているし特定の方法……例えば私なら太陽光で焼かれるまで持久戦とか、聖水をかけるとか、銀を使った攻撃で瞬殺してしまうと吸血鬼の灰しか落とさない設定になっているとか。

これはレベル20になってから本格的に体験してもらうためにデモンストレーションとしての意味合いが強いのでしょうね。

明日から1週間エリア開放で、ドロップアイテムはそのままゲットできると。

それに加えてＰｖＰポイントが適用されてランキング形式で賞品やポイント交換アイテムがある……お、調理キットの上位版があるみたい。

これは参加したいわね……ちょうどペナルティも終わるころだろうし、参加するのもいいわね。

ドロップアイテムよりもポイント目当ての人がいたら目も当てられないことになりそうだけど、今回はレベル据え置きと書いてあるからデスペナはつかないみたいだしゾンビアタックと行きましょうか。

そうと決まれば……なにしよう。

昨日ウサギと狼狩ってレベルは1に戻った。

アイテムも充実して、いらない毛皮とかの納品で懐も温かい。

となると今日は何かを備えて行動する必要がないのよね。

普通のプレイヤーなら装備の新調とか、聖水買いに行くとかあるかもしれないけれど私は必要ないのよね……。

聖水ねぇ、1回慣れようとしたけど結構いいお値段するし、自殺で称号狙いも難しいから今回のイベントを利用させてもらおうかしら。

少なくとも使ってくる人がいるでしょうし、死んだらそこでイベント終了ですなんて仕様にはしないでしょ。

自分で買うのも勿体ないとなれば他プレイヤーに使ってもらうか、あるいは殺して奪う!

他のゲームだと死体漁りは感心しないと言われるけれどそういうゲームだからね。

それに1本飲んでみたけれど炭酸みたいにしゅわっとして、次の瞬間にはリスポンしたから本当はどんな味がするのかわからないのよね。

だからしばらく手を出せない。

装備も特に必要ないし、特殊エリアは山岳、洞窟、草原、森の4つがあるみたい。

私が行くとしたら森か洞窟ね、太陽光のペナルティを受けないで済むから。

問題があるとすれば洞窟で聖属性魔法ぶっぱされたら逃げ場がなくて詰む。

森とか隠れる場所が多い所だと銀の矢じりとかで不意打ちされても詰むということかしら。

……今更だけど本当に貧弱ね。

なじんできたし今更キャラリメイクするつもりはないけれど。

……草原に森か、ちょっといいこと思いついたかも。

運営の情報によるとモンスターも出てくるらしい。

中にはレベル20相当のエネミーもいると書いてあるけれど、これは場を盛り上げるための演出モンスターか全員で力を合わせて戦うレイドモンスターと考えるべきね。

レイドモンスターというのは複数のパーティで倒すべき相手だから、協力できるかどうかが問題だけど。

でもその分ドロップは破格でしょうし、ポイントもガッツリ稼げそうね。

野良モンスターなんかだと下はレベル1のウサギ、上はレベル10の人狼か……正直今の私じゃ手も足も出ない相手でしょうね。

だとしたらやることはわかりやすい。

うん、作戦も決まったし朝ごはんでも作ろうかしら。


そんなこんなで軽くログインしてからある程度の取材と実験、料理をして午前中にはログアウトした。

まず実験というのはデスペナルティについてだけれど、これはログアウト中でもカウントが進むのかというもの。

昨日はそれ見るの忘れていたからね……うん、しっかり進んでいた。

ただし通常の半分の速度で、これは少し計算外でイベント初日はデスペナルティを抱えたまま挑むことになるという結果だ。

まぁもとより今のレベル帯ならドレインや通常攻撃で十分なダメージが出せるし、秘策もある。

防御面に関しては元から捨ててるようなもの……というか結果的に捨てたのでどうでもいいや。

どうせ聖水とか銀で消えるはかない命だから。

他にも町中の聖水溜まりを踏んで耐性関連の称号を得られるか試してみたけれど、初日ほど聖水溜まりがなかったのでこちらははかどらなかった。

料理はまず露店を巡って味を盗むところからスタート。魚介類にも手を付けたかったから釣竿を用意しようと思ったけど人魚の特性で水中移動もできるから手づかみすることにして潜水しながらドライアドの蔦でバシバシ魚を取った。

最終的にそこら辺の植物から蔦をもらって網を作って漁をして、インベントリの中は魚でいっぱいになってしまったのはご愛嬌……半分くらい食べたけどね。

それから魚の納品クエストがあったのでお金を稼いで、露店にいた人から錬金術で毒抜きとか塩の精練ができると聞いたので錬金キットも購入して試してみたところ錬金術師の称号が手に入った。

内容は料理人とかと変わらず、料理は滞りなく完了した。

どうやら料理キットの中にある塩胡椒はどれだけ使ってもなくならないらしい。

さすが、塩釜を作れるだけ使っても減ってる気配がないと思ったわ。

そしてログアウトしてからだけど、まず真っ先にお昼ごはんを作った。

朝ごはんはしっかり食べたけれどお腹はすくからね。

それからはお仕事、毎日ゲーム内の取材だけじゃちょっとね……。

さっきゲーム内で取材をしてきたけれど、基本的には露店で売っている美味しそうなご飯と自分で作った魚料理。

ちなみに河原で塩焼きもやった。これは醍醐味だからね。

その辺はキャンプ感覚が味わえるという方針でブログに載せることにしたけれど、どうせならゲームならではの味とかも欲しいので町のレストランみたいなところも巡回。

探せばあるもので、モンスター素材をふんだんに使った料理やデザートが出てきた。

味に関してはともかく、見た目で忌避する人がいそうね。

個人的におすすめなのはゾンビ出汁のお蕎麦だったんだけど、名前で嫌がる人が多いらしい。

そして見た目で嫌がられるけど美味しい部類だと狼の頭焼き。

狼の頭がドドンと出てくるのはびっくりするけど、肉食獣とは思えないほど肉がしっとりやわらかで美味しさをぎゅっと閉じ込めてたのが素晴らしかったわ。

デザートはフェアリーパウダーのジェラートというのがすごかった。

キラキラ光ってて、一口食べるとジェラートの甘味がじんわり溶けていく。

それに合わせてぱさぱさとしたフェアリーの鱗粉が残るんだけれど、これが酸味を含んでいて甘いバニラジェラートがレモンのような風味に変わってとても美味しかった。

食感が苦手って人もいるかもしれないけれど、調理現場見なければ普通に食べられると思う。

調理現場？　鳥かごの中に入れられたフェアリーの脚を掴んでジェラートの上でゆするのよ。

そうすると鱗粉が落ちてジェラートを彩る。

まぁ……どの料理もそうだけど悪趣味よね。

そういうお店を選んだのは私だし、スポンサーが喜ぶのもそういうのだけど。

それらの編集の他には通常業務。

今朝届いていたメールのようにどこそこで取材をしてきてほしいという依頼が届く。

私はヘッドギアタイプのＶＯＴも持っているから出先でもゲームにログインしたりできるから基

本的に断ることはないんだけれど、これを持っていない人は結構苦労するみたい。

海外出張や長期留学する学生なんかの必需品って言われているわね。

実際ポットタイプのＶＯＴよりも安価なんだけど、人気で品薄状態が続いている。

置き場所に困らず、出先でも使えるというのはそれだけでも十分なアドバンテージだから。

で、なんでこれが必需品扱いかというと故郷の味が恋しくなるから。

日本人ならお米ね。卵かけご飯とか海外じゃ絶対に食べられないからＶＯＴを通して料理のシミュレーターゲームや、化けオンみたいに味覚センサーなどを十全に備えたゲームで満足感を得るのが常套手段。

最近では長期出張や留学の代わりにＶＯＴを使った会議や講義があるらしいけれど普及はまだみたい。

言語を覚えるにはどうしても環境が必要だからね。

そんなこんなで私はいつでも出張ウェルカムで、むしろ長期出張とかになるとお手当ごちそうさまですという感想。

だけどそんな仕事はめったに来ないので、普通のジャーナリストとしての仕事を中心としている。

例えばＶＯＴ内で話を聞ける人物にアポイントメントをとって取材して記事にしたり、ゲームを実体験している身としてＶＲゲームにおける弊害やその他をまとめたレポートの作成なんかが主。

よくいるのよね、ゲームの中でお腹いっぱい食べるから現実で断食ダイエットして体壊す子。

そういうのが問題になりつつある世の中だから、それを防止するためにもこの手のレポートや記事を作成して注意を促している。

実際いくつかのレポートはＶＲ関連の大学で資料として使われたり、本として出版されて教材にされたりしているから実入りはいいのよ。

たまに講師として大学に呼ばれたりするしね。

とはいえ……私はよく食べるほうだから食費だけでも毎月結構な額が飛んで行くのよね。

それに運動もしないと太るからジムにも通っているけど、この年会費もまた馬鹿にならない。

あぁ……もっとお仕事欲しいわ、ご飯のためにも。


やってまいりました、イベント初日。

夜間メンテナンス作業でログインできない状態だったらしいけれど、私は健康的に早寝早起きしているから問題ない。

前に出版社に勤めてた時からは考えられないわね……良し悪しあるけれど、私自身は独立して正解だったと思っている。

いい点は健康的な生活が送れるようになったこと。あの頃は激務に次ぐ激務で同業他社と並べてみてもド級のブラック企業だったから会社に半月泊まり込みとか、コンビニのおにぎり買い占めて賞味期限切れてぱさぱさになったのを食べるような生活だったからね。

　ここまでひどい会社は少ないと思うけれど、雑誌とかで特定の作家さんを担当している人なんかは当たらずとも遠からずといった感じかもしれない。

　私の場合は記事を書くのがメインだったけど、その量が膨大だっただけでね……。

　悪い点で言えば収入が不安定になったことかしら。

　以前はちゃんと1日5食食べられるだけの稼ぎがあったのだけれど、今はお金がなくなると1日3食しか食べられない。

　ストレスで激やせしていた勤め人時代と、お金がなくてダイエット状態になる今どちらがいいかと言われたら悩むけれど、睡眠時間をしっかり確保できるという点で一歩今の方がいいわね。

　話がそれたけれど、まずは軽くストレッチをする。

　VOTに入る前に体を動かしておくとログアウトした後に足をつったりしなくて済むのよね……。

　ちなみに初日はコーヒーを流し台にぶん投げて飛び込むように入ったから出てくるときに足つって、首寝違えて、腕がびきっと音を立ててしばらくもだえ苦しんだりしたのは余談。

　よし、準備もできたしログイン！


【お待ちしておりましたフィリア様】


「あれ、ここって……」

　いつもなら町中に出るはずが、キャラクリエイトの時に見た場所に出現した私。

　アバターはいつも通り、初期装備の吸血姫＋羽とか鱗のまま。


【今回のイベントに関する確認事項のため、ゲームエリアに移動する前にこちらにお呼びいたしま

した】

「なるほど、説明とか同意しかの話ですか？」

【その通りです。まず今回のイベントですが、イベントエリアへの移動方法が通常と異なる手段ですのでご注意いただきたく思います】

「と、言うと」

【この先の説明にはゲームのネタバレを含みます。情報のお取り扱いも含めて同意していただければこのまま説明させていただきますが、同意いただけない場合はイベントそのものに不参加ということになります。よろしいですか？】

ほほう、ネタバレを含むね……。

「それってどの程度のネタバレなのかしら」

【はい、世界の秘密や各種NPC、都市などに関する情報は一切公開されません。しかしゲーム内で解放されるシステムの一部を先んじて開示することになるため、注意を促すよう制作陣から言われています】

なるほど、性格の悪いスタッフだと思っていたけれどこういうところは親切なのね。

普通システムの一部の開示云々なんてネタバレの範疇に含まないから、こんな注意と同意なんて不要とばかりにイベント始める運営も多いのに。

【なおこの場で同意いただけなくともイベント期間中であればシステム画面からイベント参加が可能です。その場合こちらの空間へお呼びして、改めて同意をいただくことになります】

「あ、途中参加もできるのね」

【はい、なお今回のイベントはプレイヤーからのドロップアイテム関連の体験ということですのでレベルは既存のままです。現在のフィリア様はレベル1ですので、戦闘で敗北する可能性もあり得ますが、その場合通常より短いペナルティを受けることになります】

「あれ、ペナルティあるの?」

【はい、いわゆるゾンビアタックによるポイント稼ぎの防止です。1時間ステータス半減と経験値取得不可能状態、ポイント取得量半減が付与されます】

「経験値取得ってことは……イベント中にレベルアップすることもあると考えていいのかしら」

【はい、現在フィリア様はペナルティを受けておりますので経験値の取得量は減少していますが他のプレイヤーや、フィールドに生息しているモンスターを討伐することでレベルが上昇します】

えーと、つまりイベント中は合法的にPKし放題で、人によってはここで経験値をガッツリ稼げるかもしれないということよね。

私みたいなデメリットガンガン積んでいるキャラ相手なら生産系をメインにしたい人も道具をそろえれば戦えるでしょうから、素材目当てで襲ってくることもある。

というか狙わない方がおかしいか。低レベルで誰でも簡単に倒せる存在が歩いているとなればね。参加者からすれば経験値にレアアイテム、うまくいけばゲーム内アイテムと交換できるポイントも手に入るという美味しい状況なのね。

「わかったわ、参加に同意します」

【同意を得られました。改めて事故防止のためこちらの画面からイベントに参加を選択してください。キャンセルを選択していただければイベント参加は見送ることができます】

親切ね。目の前に現れた半透明の画面にはさっき言われた注意事項と共に参加とキャンセルのボタンが用意されている。

うん、ここは迷わず参加を選択。

【同意を確認、ではイベントの説明に入らせていただきます。今回都市間移動方陣というものが限定的に使用できるようになります。これは今後新たな町や村を見つけた時に少額のルルを消費して瞬間的に移動できる機能です。今回はイベントのためルルの消費はありません】

なるほどね、これがネタバレということになるのか。

システムの一部といっていたから他にもあるのかもしれないけれど、勘のいい人とかだとこれだけでもいろいろ考えそうね。

例えば、フィールドから一瞬で町に移動できるようなアイテムの実装とか……。

【イベントエリアは特殊なフィールドとなっており、システム画面から町へ帰還するコマンドを入力していただければいつでも通常のフィールドに戻ることができます。またイベントフィールドにも始まりの街と同じセーフティエリアが存在します。ここでキルされてもアイテムドロップ、ペナルティ付与は行われません。またキルした方も経験値を得ることはありません】

つまり町の中は安全ということね。セーフティエリアがあるみたいでよかったわ。

ずっと戦闘だと疲れそうだものね。料理キット持ってないと生肉とか食べなきゃいけなくなって特定の種族以外は食中毒みたいなバッドステータスを受けそうだし、そういう部分の措置というところかしら。

【今回ドロップするアイテムはレアリティこそ分けられていますが品質は最低値となっています。レベル20のプレイヤーからドロップするアイテムを下級として、そのさらに下の最下級です。例えば通常狼からドロップするアイテムはレアリティノーマルですが、酷く損傷させた場合や炎魔法を使った場合破損した毛皮となります。これを下級とした場合、今回のイベントで手に入るプレイヤードロップアイテムは酷く破損した、と二重のマイナス設定が付けられているでしょう。現状これらのアイテムで装備品などを制作してもゲームバランスが壊れるほどのことはないでしょう】

「へぇ……あれ、そういえば制作に関しては誰でもできるのよね」

【はい、オートでレシピを選択して必要素材があれば制作可能です。ただし一部の高位モンスターやプレイヤードロップアイテムを使用したレシピは基本的にシークレットとなっていますので自力でレシピを見つける必要があります】

「それは……ここで答えてもらえるのかわからないけれど入手方法はマニュアル制作のみ?」

【いいえ、簡単な物であれば図書館などで探せば見つかります。ただし難易度の高いレシピをご所望であればダンジョンなどで手に入れるか、クエストを達成すること、またNPCの好感度によって弟子入りを認めてもらうなどの方法があります】

あ、答えてくれるんだ。

でもレシピか……料理しかしてなかったからなぁ。

全部マニュアルだったしそういうのは何も考えてなかったわ。

あ、でも錬金術ではオートで毒抜きしたわね。

あれもレシピとかあれば聖水なんかも作れるかもしれないわね。

わかりやすく考えるなら奇麗な水と光属性の魔法を組み合わせてマニュアル制作すればそれっぽいのはできるかもしれないと思うけど……。

【ちなみに今回のイベントの景品ラインナップには一部プレイヤー素材を用いたアイテムレシピが存在します。安価で手に入るものから、1週間戦い続けてようやく手に入るかというレベルの物まで幅広く取り揃えています】

「ちなみに料理のレシピは?」

【あります。今回ご用意させていただいた料理レシピは17種類ですね。とはいえ料理に関しましては制作の中でも簡単な部類に入りますので、レシピがなくともそれなりの物を作ることは可能です。ただし特定の食材は通常の手段では調理できないこともあります】

「随分丁寧に教えてくれるけれど……いいの?」

【かまいません。イベント参加に同意いただけた方にはゲームの根幹にかかわるような秘密以外は話して構わないということになっております】

「そう、じゃあ最後に1つ聞いていいかしら」

【なんなりと】

「デメリットレベルを消す方法ってある?」

【存在する、とだけお答えします。それ以上のことは禁則事項ですのでご容赦ください】

それを聞けて一安心。美味しい料理のためにあれこれ頑張っているけれど太陽光デメリットとか本当に厄介だったのよね。

それに今後のゲーム進行によっては砂漠みたいな、太陽光ダメージ増加エリアなんかも出てくるかもしれないからこの話は聞いておきたかった。

だって砂漠の料理が食べられないとか悲しいじゃない！

……むかし食べたサボテンのお刺身美味しかったからなぁ。

「あ、ごめん。最後とか言ったけどもう1つ、これはイベントに関することなんだけどネクロマンサーの死者呪転で蘇らせたモンスターと離れた距離にいた場合ってドロップアイテムはどうなるの？　あと私が太陽光で焼かれた場合とか聖水溜まりに落ちて死んだ場合」

【ペット、あるいは使役モンスターがプレイヤーや野良モンスターを撃破した場合ドロップアイテムは自動的に主人であるプレイヤーのインベントリに収納されます。フィリア様がデメリットやバッドステータスによる死亡でセーフティエリアに戻った場合ペナルティが付与され、死亡地点にフィリア様のドロップアイテムが設置されることになります。これらのアイテムは誰でもインベントリに収納可能です】

「そう、ありがとう。聞きたいことはもう十分よ、さっそくゲームを始めてもいいかしら」

【はい、通常フィールドとイベントフィールド、どちらへ行きますか？】

「そうね……せっかくだからイベントフィールドに飛ばしてもらおうかしら。方陣も気になるけどそれは今後のお楽しみということにしておこうと思うの」

【かしこまりました。ではよい化け物ライフを】

その言葉を聞き終えると同時に私は光に包まれた。

次の瞬間には、いつもと同じ町、けれどどこか暗雲立ち込める様子で紫色の霧が浮いているゴーストタウンのような場所に降り立っていた。

ほほう、これがイベントエリア……いかにも化け物同士が戦う場という雰囲気ね。

とりあえずシステムを一通り確認することにしましょう。

えーと、主に町の外は４つのエリアに分かれているのは事前情報通りね。

システム画面からエリアマップが確認できるけれど北以外に草原が広がっていて、そこから先に進むと森があると……。

森の中や北の山岳地帯に洞窟がいくつかあって中にはダンジョン扱いされているものもあるらしいから、プレイヤーを撃破するだけがポイント取得条件じゃないみたいね。

多分野良モンスターを倒してもポイントは得られるけどかなり少額、１ポイントとかかしら。

プレイヤーが10ポイントと仮定しての話になるけれど、ダンジョン探索で特殊なアイテムを手に入れたりダンジョンボスを倒したりしたらまたポイントが増えて、イベント限定で出現するレベル20のモンスターとやらを倒したら一攫千金？

でもレイドボス扱いで、なおかつＰｖＰのサバイバル型となると協力してというのは難しいのよね……。

いつ寝首をかかれるかわかったものじゃないから安易に協力できない。

やるとしたらもともと仲の良かったプレイヤー同士でやるでしょうから、私の出る幕はないわね。

町を一歩出たらイベントスタートだけど、町から50m以内でキルされた場合はアイテムこそ落とすけどペナルティはなし。

その先は南側が森まで草原が広がっているから遮蔽物《しゃへいぶつ》がない、集団戦もできるしステルスも可能な激戦区かしら。

東と西は森に近いけれど違いが1つ、東の森は私がマンドラゴラを取りに行ったところ。ある種の危険地帯として認知されている分近づくモンスターもプレイヤーも少ないことが予想される。

逆に西の森は薬草などが豊富に生えているらしいし、川も流れていてモンスターが多く生息している。

他のゲームで言うレンジャーやシーフ系のプレイヤーが多く集まりそうな場所ね。

南の森に関しては可もなく不可もなく、モンスターも集まるけれどその手前の草原での戦いがメインになるだろうから……やるとしたら西か東から南下して草原にいるプレイヤーを狙い撃とうとする人がいるのは間違いない。

となれば……しばらくは様子見ね。

今は東西南北どこに行ってもプレイヤーと鉢合わせになる可能性が高いからじっくり待ちましょ

う。

その間に私は料理を作る！

……本当は自分で食べたいんだけど、今回は露店を開くつもりでいる。

制作系に手を付けていないプレイヤーもそれなりにいるはずだから、料理はそこそこの値段で取引できるはず。

今回のポイント交換アイテムも魅力的だけど、お金を稼ぎに来ている人も少なくない。

事実、錬金キットを取り出してポーションのような回復アイテムの実演販売してる人もいるわ。

でもね、実演販売で一番効果が期待できるのは料理なのよ。

目の前で出来上がっていくご飯、美味しそうなかおり、それを味見という建前で美味しそうに食べられてみなさい？

有り金はたいて買うわよ私。

というわけで、ちゃちゃちゃっと料理をする。

「魚にするべきか肉にするべきか……」

少し悩むところではある。ただし料理は始めてしまっているのだ。

昨日の散策中、町でお米や小麦粉といった基本的な材料を買ってきてあるのでおにぎりやサンドイッチみたいな持ち運びが楽で食べやすい物を用意できるのが売りだ。

まずご飯を炊いて、その間にパンをこねる。

ひたすらこねて、型に入れてこれも焼く。

いやぁ……現実ならオーブンとか石窯、それと炊飯器とかが必要だというのに料理キットだと楽だね、道具がほとんど必要ないんだもの。

オートでやったら時間短縮になるんだけど、味が大味になる可能性を加味してマニュアルでやってます。

別に急いでないしね。

その間にサンドイッチとおにぎりの具を考える。

まずは赤身魚のほぐし、幕の内弁当に入っていた鮭だけど、実は川魚だったんだよね。

それに塩を振って焼いていく。

同時にひき肉にしたウサギ肉をこねこね、安く売ってもらった古いパンを粉々にして卵と玉ねぎのみじん切りを投入。

またこねこね、たまに魚の焼き加減を見ながら手のひらでキャッチボールしてフライパンで焼いていく。

そう、ハンバーグだ！

これをパンにはさんでバーガー風サンドイッチを作るつもり。

といってもすごく簡単で、食パン2枚用意してバター塗ってレタスとトマト乗せて、薄めに焼いたハンバーガーをどどん、上からソースとマヨネーズかけて三角形に切れば完成。

手軽にがっつりお腹にたまる、文字通り美味しい一品だ。

次におにぎり用の魚をほぐしてご飯に混ぜ込み、ちょっと固めに握る。

海苔があればよかったんだけど、流石に手に入らなかったので強めに握らないとおにぎりが崩れちゃうんだよね。

混ぜ込んだ理由は単純に手間を省くため。

実際これだけでも結構違うものなのよ。

よし、サンドイッチとおにぎりの第1陣が出来上がった。

並行調理していたのが珍しいのか、お客さんもちらほら並んでくれているからいい感じ。

「さー鮭混ぜ込みおむすびとハンバーガー風サンドイッチ売りますよ！　フィールドでも食べやすい食事、満腹度回復にも精神の休息にもぴったりの美味しいご飯はいかがですか！」

私の言葉に、何人かのお客さんが生唾を飲み込みながらお金を取り出すべく画面を操作し始めた。


【イベントの】化けオンイベント掲示板7【時間だおらぁ！】

881：名無しの化け物
いやぁ……メンテ長かったな

882：名無しの化け物
こんなもんだろ、むしろ夜通し作業してくれた運営に感謝

８８３：検証班
イベントエリアマップはβの使いまわしだぞ
紫の霧が邪魔で見えにくい、町の中にいるのに陰鬱としててクレームが殺到して今の形になった
完全にコピペだ

８８４：名無しの化け物
レベル８の俺、今からワクワク

８８５：名無しの化け物
やめろ検証班、俺たちの希望をぶち壊すな
まだ運営に人の心があると信じていたいんだ！

８８６：名無しの化け物
コピペでもこの雰囲気は好き
通常フィールドはなんか化け物になったって気分になれないんだよな

８８７：やわらかとかげ

ふーははは、空の上なら攻撃は届くまい！

しかも俺は精霊系もガンガン積んでいるから自傷ダメージが発生するまでほとんどの魔法無効化されるのだ！

さすが精霊、魔法耐性は強い！

だが自傷ダメージは魔法じゃなくてスリップダメージ扱いだから通る悲しみ！

８８８：検証班
とかげなぁ……適当アセンのくせにハマると強いんだよな
でもお前勘違いしてるから教えてやるけど、魔法攻撃は属性の他に魔法ダメージってのがあるからな
炎の精霊に炎魔法ぶつけても大したダメージは出ないが、それでも微量のダメージを受けることになる
そして今回のイベント的に自傷ダメージでお前が死んだらラストアタックを一発当てた奴のところに経験値とドロップアイテムが行く
時間制限ボス形式だな

８８９：名無しの化け物
草

とりあえずとかげ囲んで魔法とか矢で攻撃するか、あんなでもドラゴンだし
８９０：名無しの化け物
でかいだけの的だな、ほっといても死ぬけどどうせなら俺達が美味しくいただいてやろうぜ
８９１：名無しの化け物
つーかとかげ普段飯何食ってるの？
町に入れないんじゃ食料調達とかできないじゃん
８９２：やわらかとかげ
森で葉っぱ齧ってます、草食ドラゴンやってる
８９３：名無しの化け物
……肉食えよ！
取り放題だろうが！
８９４：やわらかとかげ
地面に降りたらレアモンスターと間違われて攻撃されたんだよ！

あと肉はインベントリに入れたらゲージ回復には量が足りない！
丸かじりしたら血生臭い！

895：名無しの化け物
お前暴食さんを見習えよ……あの人なら血の滴る肉も喜んで食うぞきっと

896：名無しの化け物
なおその暴食さん、イベントエリアの町でサンドイッチとおにぎり売ってる模様
実演販売だから手作りだぞ喜べ野郎ども

897：名無しの化け物
やることができた、俺は行く

898：名無しの化け物
お前だけに美味しい思いはさせるかよ、俺も行く

899：名無しの化け物
ふっ、仕方ないな……俺も同行しようじゃないか

900：やわらかとかげ
うっわぁ……お姉さんの手作りって聞いた瞬間これかよ

901：検証班
気持ちはわからんでもない
あの人料理めちゃくちゃうまいからな
ただしまともな料理が出てくるかはギャンブルだ。よく知らない民族の謎料理とか出してくることもある

902：名無しの化け物
それはそれで気になるが……検証班的に今回のイベントどう見るよ

903：検証班
プレイヤーからのドロップアイテムとかを実感したいという声があったのは本当だろうな
ただ少し気になることもある
レベル20相当のレイドボスの存在と、システム面に関して運営が情報を出し惜しみしていないことだ

前から気になってたデメリットレベルとかの話をしてみたんだが懇切丁寧に教えてくれたよ
方法まではさすがに教えてくれなかったが、デメリットレベルは消せる
そんでもって人間はいずれ英雄に至る。そこに堕ちた英雄の存在は関係なく至れるそうだ
他にも制作アイテムのレシピ入手法とか、ユニーク武器みたいなものはあるのかとか、いろいろ教えてくれた
情報を出し惜しみされてない現状が一番不可解だ

904：名無しの化け物
予想出来ていた範囲とはいえ結構情報くれるのな。これって問い合わせでも答えてくれるのかなつかなんでそんなに気にしてるんだ？
答えてくれるなんて優しいじゃん、ゲームで消えるかもわからないデメリット抱え続けるよりよっぽど楽しめるぞ

905：検証班
たぶん普通にヘルプシステムとかでも答えてくれると思う
盲点だから試してなかったけどな
気にしている理由はな、前にも言ったぞ
ここの運営は性根が腐ってる

906：名無しの化け物
……やめろよ、裏があるかもって思っちゃったじゃないか

907：やわらかとかげ
なんかむつかしいはなししてう?

908：名無しの化け物
とかげが幼児化した……
お前、やっぱり馬鹿なんだな

909：やわらかとかげ
いや、だってさ……正直ゲームなんだから面白ければいいじゃん?
運営の性根が腐っててもそれはそれで死にゲーみたいで楽しそうだし
俺、古い覚えゲーとか死にゲー好きなんだよね。あの人間の心理の裏を突いた攻撃をいかにさばききるかとかそういうの

910：名無しの化け物

……あれ、とかげって実は頭いい？
というか思考が柔軟？

911：検証班
ゲームの本質的にはとかげの楽しみ方が正解なんだろうけど……俺βの時痛い目見てるからな
今回のイベント一筋縄ではいかないと思った方がいいかもしれん
少なくとも俺は万全の備えでいくつもりだ

912：名無しの化け物
ほーん、じゃあ俺も気を付けてみるかな

913：名無しの化け物
じゃあ俺も装備点検しておこう
あと暴食さんの店も気になるけど、食料は多めに持っておきたいから露店巡ってみるかな

914：名無しの化け物
よしとかげ、ちょっと手伝え
空から周りの様子を見て回ることにしよう

俺は西と南、お前は北と東だ

915：やわらかとかげ
かまわんけど……チーミングっていいのか？

916：名無しの化け物
別に禁止されてないしな……そもそもレイドボス出てくるなら仲良く……あれ？

917：名無しの化け物
仲良くやるべきなんだよな……このバトルロワイヤルで……

918：やわらかとかげ
えーと、914とか俺が嘘の情報流すだけでも結構混乱するよな……

919：検証班
とかげが今回のレイドボスだって噂流すだけでも誘導はできそうだな
そんで集まったやつらを爆弾で一網打尽ってのも可能だ

９２０：名無しの化け物
……敵も味方も信用できない状態でレイドボスが登場するのか
９２１：名無しの化け物
待て、まだ災害程度に考えておくんだ！
なにも倒す必要はないんだから！
９２２：検証班
不安……だな

第5章　運営マジで死ね

BECOME A BAKEMONO ONLINE ~LET'S GO PHILIA~

ふっふっふ、おにぎりもサンドイッチもポンポン売れて懐が温かいぜ！

いやぁ、細々とした依頼受けてためたお金は準備で全部吹っ飛んだけど今の私は10万ルルも持っている！

これだけあれば3日は食べ歩きできるわね。

イベント期間中はちょくちょく通常フィールドに戻って露店でお金稼ぎしようかしら。イベントエリアは物売るってレベルじゃないくらいピリピリしてるし。

ついでに仕込みもしておいた。

お客さんを見てこの人なら勝てそう、この人からは逃げたほうがよさそうと見ていたのさ。

情報は大切だよ、というわけで時間もいいころ合いなので行くとしますか東の森！

徒歩で行ってもいいんだけど、今回は空から行く。

草原エリアは見通しが良すぎるからね、草や岩の陰から狙撃されたら最悪だもの。

その点空なら地上から来る攻撃に備えていればいいだけだから難易度は下がるという寸法。

それに羽だって6枚あるんだから1つくらい撃ち抜かれても即墜落とはならないでしょう。

ＰＫの手段は他のゲームで勉強したけど、やられる側となると結構面倒なのね。

隠れて背後からさっくりというのは常套手段、罠とか毒は当然のように使うし、何より草原で怖いのは聖水溜まり。

私の場合踏み込んだ瞬間死亡だから、足元の確認ができないなら飛ぶ！

実に合理的だわ。

ついでに錬金術で爆弾なんか作れたらよかったんだけど……硫黄と硝石がないからどうにもならないのよね。

もしかしたらそのままで爆弾に変わるようなものもあるかもしれないけど私は知らない。

少なくとも採掘とかやってないから。

ピッケル買うくらいならご飯買うわ。たとえ採掘の儲けが大きいとしても競合相手が多いのであれば元手を取りにくい。

そして元手を取るために費やす時間があればご飯を食べる、それが私の生きざまよ！

……まぁ、取材で金山で鉱夫体験はしたことあるから採掘のいろはくらいは知っているんだけどね。

でも武器がいらない私にとって鉱石はなぁ……食べられるわけでもないし今のところ必要性を見いだせない。

でもいずれ日傘とかをちゃんと作るなら……いや、普通にその場にある素材で作ってもらえばいいか。

木材と布があればできるし。

そんなことを考えながらふよふよと東の草原を飛んでいると下方から矢がとんできた。

見えているんだなそれが、こっちを撃ってきたのは猫耳の女性。

近くに伏兵がいる様子はないけど、わざわざ倒しに行くリスクを負うのも面倒だから無視。

飛んできた矢をドライアドの触手で叩き落してそのまま森に直行する。

できることなら森の中で戦いたいのよね。私の場合レベル1というだけでなく称号でデメリットレベルが2倍になっているから正面きっての戦闘はお断りしたい。

となれば、木の上からの強襲か搦《から》め手がよさそうね。

それに森に入ってしまえばドライアドの力で植物から話を聞いて戦闘を有利に進められる。

少し作戦でも練ってみようかしら。

ちょうど森に到着したところだけれど、このまま低空飛行でゆっくりと進んで葉っぱで隠れられるような枝の上に腰を下ろしてから思案する。

まず私がやるべきは2つ、死者呪転でモンスターを使役すること。

そしてプレイヤーをマンドラゴラの群生地におびき寄せることね。

倒せそうな相手であれば単独で強襲してもいいんだけれどリスクが大きいのよね……。

特に銀のアクセサリーとかつけてたらそれだけで負けるから。

もっと酷い場合は聖水を頭からかぶってるだけで私は無力化される。

唯一ドライアドの触手が聖水を無効化できるけれど、蔦を防御に回すし聖水溜まりから移動できなくなるから攻撃手段がほぼなくなることとなる。

そうなれば逃げの一手だけど、森の中って逃げるのも大変なのよ。

もちろん追いかけるのも大変なんだけど、現在地をしっかり把握していないと大変なことになる。

木々にさえぎられてまっすぐ逃げられないから速度が出ないいし、植物からの好感度みたいなのがあった場合私はかなり低いから手助けとか頼んでも無理だと思う。

マンドラゴラ採取の時ね、かなり嫌われてたから……。

そうなるとレベル差からくるステータスのごり押しで負ける可能性が十分にあるし、捕まえられた時、頼みの綱になるドレインがどれくらい通用するかわからない。

英雄さんに通用したのは相性的に有利だっただけで、ともすればそういう……英雄という存在の謎に触れるためのイベントという可能性が高いからね……あれ、私こう考えるとかなり貧弱？

吸血姫ってもっとこう、強いイメージだったんだけどな……デメリットレベルの重さが響いているわ。

ちょっと真面目に考えてみましょう。

今私がされたらアウトなこと、まず銀に触れる。

これはアクセサリーでダメだったし、既に銀製の鎧とか出回っているみたいだからそういう人には触れただけでアウト。

聖属性魔法で範囲攻撃みたいなのがあったら、まぁ隠れてる場所もろとも範囲攻撃されてアウト。

聖水1滴でも浴びたらアウト。

雨が降ってきたらアウト。

太陽光にさらされ続けるような状況、例えば日傘が使えず草原に引きずり出されて持久戦に持ち込まれてもアウト。

暴食の悪魔の特性的にお腹が減りやすいから食料が尽きたらアウト。

毒を受けたらアウト。特に噴霧されるようなものとか、煙幕みたいに使えるものだったら逃げられない。

……あれ、これ結構まずいのでは？

銀のフルプレートメイルみたいな人には絶対に勝てないぞ……さっき言った通り聖水を頭からかぶるだけで疑似的に同じような状況に持っていけるし、私メタられたら相当弱いわ。

「……よし、強襲はなしの方向で。モンスター使役して数の暴力で押しつぶしましょう」

といってもネクロマンサーの使役にはある程度の制限があるんだけどね。

まず自分のレベル×5レベルまでしか使役できない。

これはレベル1の現状、レベル1の相手を5体かレベル5の相手を1体。

あるいはレベル3とレベル2を1体などの組み合わせになる。

レベルが上がる毎に一気に強くなっていくんだけど、ネクロマンサーはドレインで倒した敵を使役することができない。

どうにもドレインの性質上魂を吸い出してしまうから蘇生できないという扱いらしい。

そうなると他の魔法を覚えていない私は物理攻撃で倒さなきゃいけないんだけど、レベル差4ってオンラインゲームだと結構な格上。

回復アイテムとかゴリゴリ使って資金で殴るような戦いになる。

それができないとなると、レベル1や2を複数揃える必要があるのよね。

……狼、いないかしら。

あれなら2体まで使役できるし、倒すのも難しくない。

ステータスが英雄さんからもらったペナルティで下がっているとはいえ、素の状態で戦った感じ勝てない相手じゃないのよね。

ペナルティ解除されたら余裕、されなくてもいけるかなというライン。

それに悪魔の持ってる簒奪のパッシブスキルで自分のステータスを底上げできるというのも美味しい。

低レベルモンスターのステータスの一部を奪ったところでたかが知れているけれど、塵も積もれば山となるのだ。

よし、方針はこれで決定ね。

やっぱりまずは野良モンスターの使役、プレイヤーを見かけても攻撃しないでやり過ごす、いざとなったらマンドラゴラテロで自爆する、後は神に祈る！

……いやだめだわ、神様に祈ったらそれだけで私死にそうだ。

うんごめん神様、デメリット消えたり緩和したりされない限り私はあなたに祈れないわ。

触手を使い木々の間を飛び回り獲物を探す姿はハンター……だったらいいんだけど、どう見てもターザンなのよね。

まぁもとより東の森はプレイヤーにとってもモンスターにとってもリスクの高い土地。

マンドラゴラが普通に生えているから草食動物が近づかないいし、それを餌にする肉食モンスターも近づかない。

だからかなりモンスターが少ないし、それを狙うプレイヤーだっていない。

そもそもマンドラゴラ引き抜かれただけで負け確定の状況だからね、本当にリスクしかない場所なのよ。

狩場としては美味しくないと断言できるわ。

だけどまったくモンスターがいないわけじゃない。

例えば外敵がいないからこそ東の森を寝床にしているモンスターだっているし、マンドラゴラを食べることのない猿のようなモンスターもいる。

私が狙っているのはこの猿、なかなか見つからないわ……ちょっと飽きてきた。

1時間ばかりターザンごっこしてるけどいまだに遭遇できないってどういうことなのかしら。

どこかに巣があるとかそういう類だとしたら痕跡を探して追いかけなきゃいけないけど……猿のマーキングって何かしら。

熊とかイノシシは何度か狩ったことあるけど猿はないのよね。

食べたことはあるけど。

それにしてもどんどん奥に向かってる形になってる、ちょっと嫌な感じがするわ。

なんというか、森の奥ってまさにボスの寝床みたいなイメージがあるから。

まぁそうなったら逃げるんだけど。

「お……？」

適当な木に飛び移ると美味しそうな果物がなっていた。

うん、これはいくつか持っていきましょう。

食材確保っと。

「あ、こっちにもある！」

あっちこっちと木々を飛び回って果物を確保していく。

なんか趣旨がずれてきたけどこれはこれでアリね。

別に経験値とか稼ごうと思ってイベントに参加してるわけじゃないし、あわよくばレアな食材がゲットできたらいいなとか、料理のレシピが気になるなという感覚だったから。

参加理由が「開催していたから」だし。

なによりこういった食べ物は記事に使える。

「うーん、美味しそう……ちょっとつまみ食いしちゃおうかな」

パクリ、ともぎたての果物をかじった瞬間だった。

「え？」

ポンッと、私は町の中に立っていた。

……システムメニューから死亡履歴を確認して、**【毒を食べた】**って書いてあるわ。

あの果物、毒だったのね。

でもみずみずしくて美味しかったなぁ……これ食べ続けたら毒耐性みたいなのつくかもしれないわね。

ちょっと採取して大量にとってきて食べましょう。

もしかしたら毒に強くなって美味しく食べられるかもしれないわ。

そう思って2時間、日が暮れるまで木の実を集め続けた。

どれに毒があるのかは食べてみないとわからないけれど、デスペナを積む覚悟はできている。

「じゃあいただきまー……？」

がさり、という音を耳にして大きく口を開けたままそちらに視線を向ける。

目的が入れ替わってしまっていたけど、当初目的としていた猿が木の上に鎮座していた。

えーと、そういえば3時間たってるから今は夜なのよね。

それで昼間は出くわさなかった猿とエンカウントした、ということはこいつらは夜行性？

うーん、さっき毒で死んだペナルティは解除されてるけど相手のレベルが不明。

英雄さんから受けたペナルティが残っているから弱体化している私。

ここで挑むのは蛮勇かもしれないけれど……どうせ死んでも大したことないしやってみますか。

まず猿のいる木に接近、飛び移って爪を振り下ろす。

「ききゃ！」

こちらの攻撃に驚いたのか、身をひるがえして猿が避けるけれどそれを追尾する触手。

空中で方向転換する術を持たない猿を捕まえて引き寄せる。

筋力とかで負けてたら触手をちぎられるかな、とか思ったけど杞憂だったみたい。

そのまま心臓部に爪を突き立てて、一撃で絶命させる。

「死者呪転！」

レベル的に行けるかわからないけれど猿の蘇生を試みると成功した。

うん、まず1匹ゲット。

ステータス画面から使役中のモンスターを確認するとレベルは2、もう一体使役できるわね。

「ねぇ、あなたの仲間は近くにいる？」

「キキッ！」

一声鳴いて先導するように木に飛び移っていく猿を追いかける。

うん、本格的にターザンになってきたわね。

それはさておき、少し進んだところで2匹目の猿とエンカウント。

さっくり使役して、これで準備は整ったわ。

2匹目はね、背中から心臓を貫いたから正面からは傷がないように見えるの。

これも仕込みの1つで、普通のプレイヤーが真下から見たら血を滴らせたモンスターに見えるようになっている。

胸に穴空いてる状態で襲ってくる猿なんて、ネクロマンサーが近くにいますよって大声で宣伝しているようなものだしね。

そちらに注意を向けている相手をさっくりとやるつもりでいるのだけど……プレイヤーが来ないのでその間にマンドラゴラを採取。

近くの植物から葉っぱをもらって簡易鉢植えを作りマンドラゴラを土ごと入れて、1匹目に持たせる。

間近で引っこ抜けば大抵の相手は即死するのよね。

ゾンビとかスライムみたいな心臓のない種族には効かないみたいだから使いどころが難しいけれど、銀装備の相手とかならこれで勝てるわ。

よし、プランを考えましょう。

ステータス画面を見ると次のレベルまでの必要経験値はそんなに多くない。

でも猿を何匹か倒したくらいじゃ時間がかかりすぎるかなという印象もあるので、経験値効率がいいプレイヤーを狙う。

ここを根城にしようというプレイヤーはマンドラゴラが平気な種族が多いと思うから、多分聖属性魔法を使ってくることはないし銀装備の人も多くないはず。

問題は見つけられるかということなんだけど……。

「あなたたち他のプレイヤー見かけてないよね……」

「キ?」

「キキッ」

「キィ……キッ!」

あ、見かけてるらしい。

そっちに案内してもらいましょう。

イベント最初の敵プレイヤーは誰かしらね……。

それからしばらく進んで猿のおかげでプレイヤーを見つけることができた。

私と同じことを考えているのかマンドラゴラを鉢植えにしている……ご丁寧にちゃんとした植木鉢だ。

わざわざ用意したのかな……その場で作ればいいと思うんだけど、葉っぱの植木鉢だといざという時に困るとか?

まぁいいや、マンドラゴラ採取中の彼……でいいのかな。

鬼みたいな角をはやしている人物はせっせと地面を掘っているから不意打ちを狙える。

見たところ装備は布の服とナックルダスター、インファイトを中心としたプレイヤーみたいね。

正々堂々なんてことは言わない、今の私は化け物だもの。

だからしっかりと、不意打ちをさせてもらうわ。

まず木の上から飛び降りて背中にしがみつく。

そしてお約束。

「ドレイン！」

「ぐあっ！」

ふふふ、効いたみたいね。

どれくらいかはわからないけれどＨＰががっつり削られた様子で少しふらふらしている。

私は基本的に即死しかしてないからわからないけれど、ＨＰが減ると風邪をひいたときみたいにだるくなるらしい。

「くそっ、不意打ちか！」

拳を構えて殴りかかってくるけれど、英雄さんと比べたら遅い！

「しっ！」

突き出された右手を爪で引き裂いて、そのまま掌底を腹部に打ち込むと同時にドレインを発動。

よろけたところで膝を蹴り砕いて、心臓に貫き手を決める。

「かはっ……」

すぶりと、血に染まった手を押し込んでダメ押しのドレイン。

それでＨＰが全損したのか、鬼のプレイヤーさんはどさりともたれかかってきて光の粒子になって消滅していった。

よし、初勝利ね！

今の状態でどこまで戦えるか試してみたけど、近接戦専門の相手でも問題なく戦えるみたいね。

でもドレイン３回使ってようやくだから、最初の不意打ちが失敗していたら負けていた可能性が高いわ。

あくまでも相手の鈍った判断力と、ＨＰを削ったことによる鈍化が決め手になったようなものだから正面から撃ち合えば十中八九負けていたわね。

もしかしたらそこまでレベルの高いプレイヤーじゃなかったのかもしれないけれど、今後も油断は禁物……っと、レベルが２になった！

これで猿の数を増やせる。

……わざわざ猿を捕まえる必要あるかしら、不意打ちに特化しすぎているからかく乱するために狼とか捕まえたいわよね。

「ねぇ、狼の寝床とか巣はわかる？」

「キキッ！」

あ、わかるみたい。

この子達有能ね、イベント終わるまで生き残れたら……というのはおかしな言い方だけど、このまま残っていたら呪魂摘出でりりと同じように魂を抜いていずれキメラみたいなものを作る時に流用させてもらおうかしら。

そういえば呪魂摘出や死者呪転みたいなネクロマンサーの技ってプレイヤーにも効くのかな……さすがにプレイヤーはリスポンすると思うけど、死体はそのまま使える可能性がある。

次に見つけたら試してみようかしらね。

結論から言うと呪魂摘出はできなかった。

たぶん魂という分野がゲーム内では意思に相当するからだと思う。

つまるところ、モンスターであればＡＩが担当している分野でプレイヤーは生身の人間が担当しているからでしょうね。

私達のこの身体はアバターだけど、その中身は人間であり動力源は魂という仮説を立てての話だけど、ＡＩの魂は引っこ抜けても人間から魂を引っこ抜くわけにはいかないということ。

だから魂を引き抜くという行為ができなかった、あるいはレベル不足が原因かもしれないけど……それを確かめるのも面倒なのよね。

あぁ、プレイヤーが抵抗したという可能性もあるのかしら。

本人が望んで魂を摘出されて、私がキメラみたいなものを作ってそこに憑依させる形にしたらあるいは新しい種族特性とかを得ることができるとか？

まぁ英雄さんとかに試した限り、魂に味も食感もないからどうでもいいことね。

食べられるのなら率先して呪魂摘出したけど、食材にならないなら無視してもいい部類。

ちなみに魂の抽出を試したのはオークベースのぽっちゃりしたお兄さんだった。

オークとわかったのは単純にドロップアイテムがオーク肉だったから。

豚肉みたいな味なんでしょうね……食べるのがちょっと楽しみではある。

3枚肉と言われるタイプの、肉と油が層になっているものだったから角煮とかにしたら美味しいんじゃないかしら。

元がプレイヤーということもあって忌避する人は多いと思うし、私もちょっと思うところはある。けれど現実でもめったに出会えないような上質なお肉だったから食欲の方が勝ってしまっているのよね……困ったことに。

これでレアリティが最底辺だというのだから、レベルの高いモンスターやプレイヤーからドロップするお肉はどれほどなのかという期待も高まるものだわ。

それと猿に引率してもらって狼も3匹配下に加えた。

狼のレベルは2、これで私の死者呪転による使役モンスターの限界を迎えたことになる。

数の暴力で押しつぶす、という戦略がネクロマンサーの本領なんだけどレベルが低いうちは難しいわね。

今イベントに参加している人の多くはレベル5～8といったところ。

たかがレベル2のモンスターが5体いたところでさっくり返り討ちにされて終わりだろうから、囮にして私が暗殺まがいの方法で倒すという方法をとっているのだけど……本当にプレイヤーがいないわこの辺り。

南の乱戦地区に行っても今のレベルと5体の囮じゃすぐにリスポンすることになるから、今はここでじっくりと待つしかないわね。

デスペナの残り時間はゲーム内で残り3時間ちょっと。

それが解ければ私は晴れて自由の身となり、下がっているであろうステータスも元通り。

称号も相まってレベルも上がりやすくなるからレベル5まではすぐに上がるはず。

そうなればイベントの適正レベルに到達するし、使役できるモンスターの数もかなり増える。

逆に今死ぬと追加のペナルティで無駄な時間を使うことになる。

本当ならログアウトしてじっくり待つのも手なんだけど、私がログアウトしている間使役モンスターがどうなるのかわからない以上ね……。

それに町に戻るのも、町からここに戻ってくるのも一苦労となれば3時間くらいは普通に遊ぶのもありなのよ。

イベントフィールドには猿みたいな、通常フィールドにいないモンスターが多数出現しているから珍しいアイテムとかもいっぱい手に入る可能性が高い。

ドロップアイテムを狙うためだけにモンスターと戦うのも一興ではあるんだけど、どうしたものかしらね……プレイヤーがいれば積極的に襲いに行くけど本当にここ人来ないのよ。

あちらこちらにマンドラゴラが群生してるから即死の可能性があるし、ゾンビとかスライムみたいな心臓のないプレイヤーはたどり着く前に狩られるんでしょうね。

あの草原で狙い撃ちしてた猫娘さんとか、聖水溜まりに。

そういうのを潜り抜けてたどり着いたとしても旨味のない狩場だから、東に来る人はいない……のかな？

それでも弱小プレイヤーの私はここに引きこもるのが安全策なのよね……いざとなったら狼にマ

ンドラゴラ引き抜かせて同士討ちを狙うというのもありだし、それで受けたペナルティもログアウトしてデスペナ解除待つより短いし。

オークプレイヤーがお肉を落とすなら他のプレイヤーだって食料アイテムを落とす可能性があるんだから、ここでそういうのを稼いでおきたいのよ。

ちなみに鬼のお兄さんが落としたのは鬼の尖角というアイテムだった。

要するに角よ、多分武器とか作れるけれど大きさ的にナイフにもならないから粉末状にして鉄に混ぜ込んだりするか、数をそろえて作るかの二択。

あるいは錬金術で薬にするのかもしれない。

薬にできるということは漢方薬としての効果があるということだから、薬膳料理なんかにも使えるかもしれないけれど、あれって結構秘匿性の高い料理だから私は作り方知らないのよね。

つまり宝の持ち腐れ。

でもこのアイテムを欲しがっているプレイヤーもいるかもしれないからトレードに使えると考えると悪くない。

なら狩って損はないのよ。


リターンの方が大きいともいえるからガンガン行かないとね！

それからしばらくは狼や猿の先導のもと野良モンスターを狩ってた。

毛皮とかはいらないけどお肉がたくさん手に入ったので満足、デスペナも残り2時間くらいでやることがルーチン化してきたなぁと思っていたところだった。

森の一角で爆音が響いた。

「なに!?」

身を隠しながら爆音の現場に行くと森の中に爆心地のような広場が出来上がっていた。

近くでは光の粒子になっていくプレイヤーらしきものと、ちりちりと燃えるマンドラゴラの葉。

なぎ倒された木々の隙間から見えるは黄色いドラゴン……奴がこの惨状を作り上げたらしい。

ふふ……私の前で森を焼き、食材を無駄にしやがったな？

「ぶっ殺してやる！」

格上だろうと知ったことではない。翼を広げて飛び立ちドラゴンの目の前に立ちふさがる。

突然出てきた私に驚いた様子のドラゴンが口をパクパクとさせて目を見開いているが知ったことではない。

「じゅるり……」

怒りと同時にこみ上げたのは食欲。どのゲームにおいてもドラゴンの肉というのは高級食材扱いだ。

プレイヤーかモンスターか知らないけれど、お肉を手に入れる絶好のチャンスだ。

「おいドラゴンだろお前、肉置いてけ……なぁ、肉置いてけ！」

叫びながら突撃をかます。

狙いは眼球、今の私ではあの鱗を突き破れるか怪しいから体の柔らかい部分を狙うのは定石！

狩猟というのはいつもそうだ、熱い心と冷静な精神の両方が必要になる。

むろん強靭な肉体も必要だけれど、一番大切なのは委縮しないこと。

おびえても狩られる側にまわるだけだ。

ならば先手必勝と突き出した腕がドラゴンの眼孔に突き立てられる。

「おんぎゃあああああああああああああ！　まってまって！　落ち着いてお姉さん！」

「プレイヤー？」

「そう！　俺プレイヤーだから！　だから落ち着いて話をしよう！」

「…………肉置いてけぇ！」

「話通じねえ！」

話し合うべきか、狩るべきか、考えた結果狩ることにした。

私の狙いはお肉なのだ。

眼孔に突き立てた手を握り、その眼球を抉り出す。

ドロップアイテムは基本的にランダムだけれど、特定の方法で相手を倒すとドロップ率が変化したり、生きたまま素材をはぎ取ることができる。

あくまでも仕様らしく、説明書に書いてあったことなのでどこまで本当なのか知らないけれど引き抜いた眼球が光の粒子になると同時にインベントリ内にドラゴンの瞳というアイテムが加わったと視界の端に映った。

「人間性を犬に食わせすぎだろ！」

ブレスを吐こうとしたのか、口を大きく開けたドラゴンさんの背に回って首にしがみつく。

これで攻撃できまい！

「くっそ、マジかよ！　こうなったら……燃え上れ！」

「っ！」

とっさにその背中から飛びのく。

黄色いドラゴンの身体が炎に包まれたからだ。

判断が遅れていたら丸焦げになってペナルティを受けていただろう。

うーん、どうしよう。

私は近距離戦闘しかできないし炎弱点だからあんな風に燃えられると手も足も触手も出せない。

どうにかする手段は２つ３つあるけれど、確実性に欠けるのよね。

と、なるとだ……できることからやっていこう。

観察した限り炎は全身、それこそ翼の先端や爪の先、口内にまで至っている。

いや、口内もとなると自ら燃えていると考えるべきかしら。

それは炎の精霊、サラマンダーの特性よね、ゲームなんかじゃ火蜥蜴《ひとかげ》って言われるやつ。

蜥蜴とドラゴン、確かに組み合わせ的には正しいのかしら。

だけど黄色ということは炎属性だけというわけじゃなさそう。

他に属性を持っている可能性が高いなら離れすぎても危ないから付かず離れず、相手の炎が途絶えるのを待つのが吉と見た。

持久戦になりそうね……！やってやろうじゃない。

幸い日は傾いておりあと30分もすれば夜が来る。

太陽光ダメージを気にすることなく戦える時間が来るわけで、日傘を持つ必要はない。

動きに支障が出ることもないわけだ。

「はっはぁ！　これで近寄れまい！　だから話聞いて！」

「問答無用！」

両手の爪を立てる、そーして左手は貫き手の形にして肘から先を切り落とした。

吹き出す血はすぐに止まるものの継続ダメージになるのはつらい。

初めてダメージらしいダメージを受けて頭がふらふらするけど、切り落とした左腕をキャッチして、貫き手形状のままになっているそれを炎に包まれたドラゴンに投擲する。

「うっそぉ！」

「死にさらせおらぁ！」

左腕は炭化しながらも炎の壁を突き抜けてドラゴンの身体に突き刺さる。

すぐに燃え尽きてしまった左腕だがそれが功を奏した。

ドラゴンの傷口からあふれ出た血、それが炎に触れると鎮火されていくのだ。

たぶん水系統の弱点でももっているのかしらね。それで血が水扱いされているということだとするところれはラッキー。

「はっはぁ！　まずは血じゃ！」

傷口に向かって突撃する。

あふれ出る血を直飲みしながら、ついでに肉も食いちぎる。

踊り食い万歳！

「うっそだろこの女！」

何か叫んでるけど知ったことではない。

それよりもこの血、この肉、実に美味だ！

血は堕ちた英雄のそれとは違いわずかな酸味を含んだ柑橘類を彷彿とさせる香り、僅かに漂う香りはまるで熟成樽のごとく、ピリピリとした感覚は炭酸、のど越しも爽やかだ。

いうなればカシスソーダのような味わいの血。

それをソースのごとく保有した肉は上質な鴨肉に近い。

だが食感は蛇やワニだろうか、弾力が強く歯を押し戻す感覚がなんとも心地よい。

時折コリコリした食感が混ざるのは血管だろうか。

本来ならばしっかり処理しなければ肉の味を損なうが、今の私にとってこれほどのごちそうもない。

血管を噛みしめるたびに吹き出す血がスープのようで、食感と相まってアクセントとなっている。

実に美味だ。

こうなってくると他の部位も気になるところ、切り落として燃え尽きた左腕はもはやどうでもいい。

右手で鱗をはがしては喰らう。

私の知っている鱗は調理しなければ味もなく、食感もラップを齧っているようなものだが、これは実に美味だ。

サクサクという食感は鱗の厚みと頑強性から来るものだろうか、せんべいのようにバリバリとしているかと思えば思いのほか歯ごたえが軽い。

もしかしたら私の種族特性が原因かもしれないけれどそんなことはどうでもいい。

片っ端からドラゴンの鱗をむしっては齧っていくが、どうにもこいつ暴れやがる……踊り食いの醍醐味とはいえここまで暴れられると食べにくい。

「こら暴れるな！　食べにくいだろうが！」

「暴れるわ！　つーか現在進行形で逃げているのに何でついてこれるんだ！」

「根性！」

実際相当HPを削って行動しているから、根性以外の答えは出ないけどそれよりも肉も血も鱗も美味しいとなると食べるしかないじゃない！

他に食べてない部位……角は後回しとして、翼膜！

あのうっすらとして絹のように繊細に見える部位はどんな味わいなのだろうか、右手1本でよじ登って翼に噛みつく。

「ぎゃあああああああ！」

「うるさい！」

「いや、今までで一番痛い！　翼のダメージってこんなにつらいのかよ！」

「知らん！」

ぶちっと食いちぎって咀嚼、食感としては……何かしらこれ、なんというかグミを嚙んでるような感じ。

味も薄いしそんなに美味しくない……ちょっとがっかりしながら角を齧る。

齧るけど……硬くて味がしない。

いや、まったくしないわけじゃないんだけどフライドチキンの骨を3時間しゃぶり続けた時と同じような……味のないガムを嚙んでいるけど口の中はミントの香りみたいな、そんな感覚だ。

これは、スープの出汁に使える！

「角よこせおらぁ！」

「あああああぁぁあぁあぁあぁあぁあぁあああ！」

ドラゴンの悲鳴もお構いなしに角の根本に貫き手、そのまま引っこ抜くと光の粒子になってインベントリに収納される。

角でこれなら骨もうまいだろう。

特に脊髄の中身は絶品に違いない、ならやることは決まっている……背骨に達するまで肉を食べる！

「いただきます！」

先ほど少し広げた傷口から頭を突っ込んでドラゴンの肉を食べる。

悲鳴をＢＧＭにがつがつと食べ進んでいく。

どれくらいそうしていただろうか、大きく口を開けて噛みついた瞬間がちんという感覚が伝わってきた。

思わずニヤリと笑みを浮かべてしまう。

「骨よこせこらぁ！」

「そこはらめえええええ！」

ごりゅっ、と音をさせてドラゴンの首の骨、その境目を穿つ。

もう一度貫き手を決めて骨を掴むと同時に引き抜く。

このまま内臓も堪能してやる！　と思ったのもつかの間、ドラゴンが光の粒子になって消え始めた。

今のが致命傷だったらしい……。

「まてこら！　内臓食わせろ！」

「怖い……暴食さん怖い……」

「あ、どこでそのあだ名知ったお前！」

聞き捨てならない言葉を残して消えていくドラゴンに詰め寄るけど頭部が消滅したせいか返事がない。

ならばせめてとはぎ取れる限りの鱗をはぎ取っていくが、数枚とったところでドラゴンは完全に消滅した。


……長く厳しい戦いだったとは言えないけど、美味しい相手だったなぁ。

うん、また会えたら……今度は内臓を堪能しよう。

角に眼球、背骨が取れたからいいスープができそうね。

それに鱗も何枚かゲット、ドロップアイテムは……お、尻尾だ。

これはテイルスープかな?

あるいはステーキでもいいけど……生で血の滴る肉の方が美味しそうね。

あ、レベルも上がってる。

今のドラゴンさん結構レベル高かったのかな、一気に4レベルまで来たからデスペナ解除待つまでもなくほぼ規定ラインに来た感じがする。

いやはや、いろんな意味で御馳走様でした。

……というかなんで戦ってたんだっけ、美味しくて忘れてたわ。


いやぁ、ドラゴンは美味しかった。

でも今回はちょっとグロい映像になるから注意喚起しないといけないわね。

動画を2つ作ることにしましょう、モザイク入れたバージョンとそのままのバージョン。

字幕解説とかちょっと入れておかないと動画は見てもらえないのよね。

ＢＧＭもドラゴンの悲鳴だけだと面白くないから、ちゃんとしないといけない。

以前はフリー素材使っていたけど、取材先で教えてもらった民族楽器で自作しはじめて、結果的にテレビ局から楽曲作成の依頼なんかも来るようになったからゲームばっかりやってるわけにはいかなくなっちゃったのは玉に瑕《きず》というところかしら。

それでもフリー楽曲よりも評判いいから使い回ししているけど、今回は今まで以上に力の入った戦いだったからね。

英雄さん専用曲も作る予定だし、あのドラゴンとの戦闘にぴったりな迫力ある曲も作りたいわ。

今回はケルト民謡風にしてみようかとも思ったけど、それは料理シーンで使うべきよね。

なら激しいジャズがいいかしら。アメリカの寿司バーに行ったときに教わった曲をベースにしつつ、不協和音を交えて強い感じにしたら似合うかも。

あの時は……なぜか日本人だからという理由で「寿司握ってみてくれ」と言われて大変だったわ。

まったく、私が寿司の握り方知らなかったらどうするつもりだったんでしょうね。

と、話がそれてきた。

まずさっきのドラゴンとの戦いで森からだいぶ離れてしまった。

狩りに戻るにも距離があるし町の近くまで来ているからね、セーフティエリアで一度準備をしようと思う。

何の準備かと言われると、さっきの戦いで装備がね……いや、私の場合武器は使わないんだけれど防具の面でいろいろ気になることが出てきたのよ。

もともと初期装備のスカートとシャツだったんだけど、炎耐性とかほしくなった。

後はアクセサリーでも何でもいいから投げつけて使える物があるとうれしいなと。

それに左腕の再生には時間がかかるみたい。

ちぎっただけなら傷口をくっつければいいんだけど、燃え尽きて消失したとなるとね。

ステータス画面にはバッドステータス左腕消失って出ているし、回復まで1時間となっている。

調べてみた限りでは武器は装備できなくても使うことはできるらしい、という情報を得た。

どういう意味かというと、装備するというのは常に携帯して、戦う時は手に持つことを指すらしいけれど、どんな武器でも投げることで、装備できないというのを無視して使えるらしい。

ただし、一度投げると所有権を破棄したということになるので注意されたしとも書かれていた。

やりようによっては飛んでくるアイテム、例えば矢とか投げナイフ、銀の鉱石やアクセサリーなんかをそのままインベントリに収納することもできるということよね。

だったら普通に石とか投げたほうがいいかもしれないから装備品の投擲はパス、いざとなったらさっきみたいに腕ちぎって投げる。

あんな風に全身燃える相手なんて滅多にいないでしょうからね。

他にも防具に関しては狼とかの毛皮を利用したものが主流となっているらしい。

NPCのお店でそれなりの金額を払えば銀とか鉄の装備も手に入るらしいけど、それができるのはβプレイヤーくらいでしょうね。

それも正式版に持ち越したお金全部つぎ込んでどうにかなるかならないか、という範囲のお値段。

オーソドックスなのはアクセサリーや籠手《こて》を銀装備にすることらしいけど、どのみち私には縁のない話だ。

だって銀はそもそも触れただけで死ぬし、籠手って防具と武器両方の特性を持っているから私装備できないのよ。

ちなみに籠手とかレッグガードって普段は防具特性として扱われるんだけれど、剣とか他の武器を装備していないと武器として装備している扱いになるらしいわ。

だから私達武器を装備できないデメリット持ちは装備できないの。

腕装備は結構その辺厳しいらしくて、私と同じようなプレイヤーは腕はそのままという人が多い。

逆に人間プレイヤーは全身しっかり装備固めているのよね。

手足がぽんぽん飛んで行くゲームだし、胴体に穴が空いたら一発死亡。

そんな状況で私達化け物に対抗するには装備でどうにかするしかないのよ。

なおそんな中好んで使われる銀装備、吸血鬼は死ぬ。

とりあえず布装備でもいいから初期防具を脱却すること、それと何かしらのアクセサリーを手に入れることを念頭に入れておきましょう。

ちょうど町にもついたし、装備を探しましょう。

時間が余ったらログアウトしてご飯を食べようかしら……そろそろ2回目の朝食の時間だからね。

「げっ！　暴食さん!?」

誰だ！　その不名誉なあだ名で呼ぶ奴は！

いつからかネットで私につけられたあだ名だけど不本意極まりない！

暴食なんかしないわよ、しっかり味わって楽しんで食べるのが私の生きざまなんだから！

「……ん？」

声のした方に視線を向けると小さなドラゴンがいた。

さっき倒したのとよく似た鱗の色だけど、こんなに小さいのは知らない。

……丸ごと食べても美味しそうねドラゴンって。

「ひっ、なんか背筋がぞくってした……」

「気のせいよ、それよりその不名誉なあだ名やめてもらえます？」

「あ、不名誉なんだ……じゃあ何て呼べば？」

「プレイヤーネームはフィリアです。それよりあなたはどちら様？」

「さっき倒されたとかげです……掲示板ではやわらかとかげの名前で書きこんでます」

「やわらかいかしら……結構いい歯ごたえしていたんだけど」

「あ、話すと長いですが」

「ならいいです、それよりもさっきはごちそうさまでした。すっごく美味しかったですよ」

「ひえっ……」

「でもなんでそんなに小さいんですか？　ドラゴンの特性？」

「えぇまぁ……レベルが5になった段階で子竜化ってスキルが生えてきて、町に入れるようになったんです。以前はずっと空の上で爆撃していたので」

子竜化ね……多分ステータスを下げる代わりに体を小さくするスキル。

確かにさっきの巨体だとダンジョンや洞窟に入れず、特定のダンジョンを抜けないと行けないようなフィールドでは詰むから救済措置スキルと考えるべきかしら。

「それで、仕返しするつもりですか？　今度は頭からバリバリいきますよ」

「食べないでください……いや、普通に見かけてつい言葉にしてしまっただけで……」

「そうですか、まぁ町中でＰＫするメリットがあまりないですけど……その小さな体も美味しそうなんですよね。私、ちょっとお腹すいてきました」

「脱兎！」

「阻止」

逃げようとしたドラゴンさんの尻尾を摑んで引き留める。

掲示板の名前でいうとかげみたいに尻尾を切り離せたら逃げられていたかもしれないけど、大幅にステータス下がっている相手ならどうにか対処できる。

特に最初から逃げようとして腰が引けていた相手ならこちらも反応するのはたやすい。

「やめてぇ！　はなしてぇ！」

「逃げられると捕まえたくなるんですよね」

「た、食べないでください……」

「うーん、まぁドラゴンのお肉はさっきたっぷり堪能したので今はいいかなと思っているんですよ。それよりあなた町の中には詳しいですか？」

「え？　そりゃまあ……子電化を覚えてすぐに町の探索をしましたから。どこかに隠しエリアとかないかなーとか、面白そうな場所ないかなーって感じで……」

「案内してくれたらお礼しますよ。アイテムとお金でどうでしょう」

「……そこに食べない、という項目を追加していただけないでしょうか」

「それはそれ、時の運です。美味しかったので見かけたら食べに行くかもしれませんが、死ぬほどのダメージは与えないことを約束してもいいですよ。考えましょう」

考えるだけで確約するとは言っていない。

とりあえず内臓も食べてみたいからあと1回は死に戻りを経験してもらうことになると思う。

とはいえ、あまり無茶なことをしても厄介ごとを招くだけだから。

あのね、さっきから建物の影に黒いオーラを纏った女性が立っているの。

私の動向を見守るようにこっちをじっと眺めているの、英雄さんが。

目隠ししているのにどうやって視認しているのか不思議だけど、視線がビシビシ刺さっているのよ。

「……ちなみにお断りしたら？」

「ワタシ、アナタ、マルカジリ」

「喜んで案内させていただきます！」

こうしてナビゲーターを得た私は町をぶらぶらすることになった。

ちなみにとかげさんの名前はローゲリウスというらしい。

なんか長いのでゲリさんと呼ぶことにした。

「ゲリさん、あのお店何？」

「あーありゃ投擲に使える物扱ってる店だよ、砲丸とかナイフがメイン。珍しいものだと分銅っていうのかな、なんかそんな感じのものも置いてある」

しばらくゲリさんと町中を歩き回っていたところ、なんだかんだで意気投合して仲良くなりました。

フレンド登録済ませたし、あだ名には最初苦言を呈されたけどとかげよりはいいかと承諾してくれた。

お礼にさっき手に入れたドラゴンテイルで料理を作ろうかと提案したけどお断りされた。

さすがに自分の肉を食べるのは忌避感強いらしい。

わからないでもない。

「それって攻撃力どんな感じなの？」

「石よりはましってレベルかな。砲丸はかなり筋力の強い種族じゃないとまともに投げられないからあまり使い道ないって言われてる。人間じゃまず無理だね」

「へぇ、ナイフは？」

「ナイフはまっすぐ投げる技量がないと扱えないらしい。一部リアル技能持ってる人しか使えないからこっちも産廃。分銅がちょうどいい重さで投げやすくて、牽制にもなるんだけど鉄だから化け物相手だとね……」

「あぁ、威力不足なのね。つまるところ人間が投げる石より強いけど、化け物が投げる石の方がもっと強いってことでいい？」

「それで大体あってる。ちなみに俺達みたいな飛べる種族は砲丸大量にインベントリに収納してることが多いから下を通らないようにするといいよ。俺にやったみたいに背中に張り付くのは定石だね」

「インベントリに……空爆みたいな感じに使うの？」

「正解、といっても1人相手に使う機会って滅多にないから多人数相手の用心だね。俺なんか特に目立つから、レイドモンスターと間違って攻撃されやすいのよ。今でこそブレスがそこそこの威力になったからいいんだけど、最初のうちは山岳地帯で拾ってきた石とか岩落としてた」

ほほう、なかなか興味深い話が聞けた。

なるほどね、お金を使わなくても使える物は沢山あるわけだ。

岩を落とすだけなら私にもできそうだし通常フィールドに行って採ってこようかな。

……いや待てよ？

「ねぇゲリさん、その山岳地帯って鉱山？」

「鉱山……なのかな、一応採掘はできるっぽいよ。極稀に銀を保有する鉱石が出てきたりするらしいから。基本は鉄とか鉛だけどね」

銀か……近寄らんとこ。

うっかり触れて死ぬのも馬鹿らしいというか、そもそも近づいただけで死にそうな予感がする。

私が触れて大丈夫かどうか調べるカナリヤもどきのお仕事とかできそうだけど、料理売った方がもうかるからやらないわ。

「ちなみにさっき言った分銅とかを銀で作ってる金持ちもいるから注意ね」

「あ、それは嫌ね。現在進行形でβプレイヤーぽい銀装備の人とか見たら街中でも逃げてるし」

「それがいい、俺も何度狙われたか……」

「お互いデメリットガンガン積んでると大変ね」

「そうなんだよなぁ、フィリアさんなんかは昼間の行動に制限がかかるし、俺は俺でそもそもの活動時間に制限がある。どっちも短期決戦向きなんだよね」

本当にそうなのよね。

ちなみにゲリさんは全属性の精霊も取って、同時にデメリットも取得したから何度も死んだらしい。

ただデメリットの抜け道みたいなのがあって、子竜化している間は精霊のデメリットが相殺されるとかなんとか。

能力全般ダウンして、一部のスキルが使用不可能になる分、精霊の持つ炎とか水の力がかなり抑えられるらしい。

その結果受けるダメージを自動回復が上回るから大丈夫なんだとか。

「そういえばゲリさんレベル20のエネミーとかいうの遭遇した？」

「まだそれっぽいの見てないなぁ……レベル20ってことはマジでやばい奴だと思うんだけどね。山みたいにでかいやつとか」

「ゲームの定番よね、とにかくでかいボスって」

「そうそう、だけどまだそういうの見てないんだわ。ずっと空から探しているんだけどさ」

「ゲリさんの子竜化って外のフィールドでも使えるの？　通常形態だと時間制限あって死ぬんだよね」

「うん使える。最初は小さくなるのはいかがなものかと思ったけど元の姿が戦闘形態みたいでかっこいいと思ってからはがっつりと、小さい竜だと思っていたらでかくなるボスパターンってかっこよくない？」

「それはわかる。なんかこう、ロボットアニメの補助パーツガンガン積んで重装備になるのと似てる気がする」

「あ、いいねその例え。あれも浪漫だよねぇ」

ゲリさんの同意を得られて少しうれしい。

古いロボットアニメが好きなんだけど、超重装甲化していく機体とか大好きだから。

逆に装甲なんかほとんどない、当たれば死ぬような機体も大好きだけどね。

「まぁたぶんイベント後半での出現なんじゃないかな。序盤からうろつかれても邪魔だし」

「そういえばイベントの趣旨としてはプレイヤーからのアイテムドロップを体験できるのがメインだったわね。なら確かに最初のうちは出ないんでしょう」

「気がかりなのは化けオンの運営がド畜生だから、そういうことも平然とやりそうなんだけどね」

「でもゲーム的に不評買うような真似はさすがにしないんじゃない？　そもそもの趣旨としてレベル20の敵っていうのはこのくらい強くなれるって指針にすぎないでしょうし」

「そうなんだけど、それすらやりかねないと思われてる運営だよ？　奴ら普通に考えたらアウトなこともその場のノリでやりそうでさ……ゲームのキャッチフレーズからしてやばいじゃん」

「人間性を犬に食わせろだっけ？　あれはさすがにないわよね」

「……フィリアさんは結構食わせてると思うよ。出会い頭に眼球えぐって、自分の腕ちぎって投げつけて、ドラゴンの肉を踊り食いとか普通しないから」

「でもあれが正攻法だと思うけど？　勝つためなら努力は惜しまないし、油断せず使える手段は何でも使うのはゲームの鉄則じゃない？」

「そりゃまぁ……でも鈍いとはいえ痛覚エンジンも積んでるんだから、ためらいなく自傷できるのは怖いよ」

「さっきからゲリさんいろんなものを怖がってるよね、もしかして結構怖がりな人？」

「まぁ……職業柄慎重になってこそってところがあるから。俺エンジニアなんだよね、中でも管理関係の仕事してるからあれこれ慎重になるよ。おかげで銃撃てるホラーゲームでも弾が余るくらいに慎重」

「へぇ、結構以外。ゲリさん強い武器とかあったらバンバン使いそうなのに」

「後先考えないって言いたいなら正解。最初ドラゴンになりたいって思ったときはデメリットレベル積まなかったせいでレベル50分の経験値を捧げるように言われてレベルアップできない状態だったから。掲示板で相談したらさすがにヤバイから何かしら積んで来いって話になってリビルドして今に落ち着いた。ちなみにその時言われた言葉が、このままだとお前ただのやわらかとかげだぞ、だったからハンドルネームがやわらかとかげなの」

「それでかぁ……たしかにゲリさんの鱗はビスケットみたいにサクサク食べられたわね」

「食ったんだ……俺が見えてないところで食ってたんだ……しかもビスケットなんだ俺」

「うん、美味しかったわよ？」

「さいですか……あ、服屋見えてきた。あそこの白い屋根の建物がそれ」

「おぉ、あれが。ありがとうゲリさん、これお礼のアイテムとお金ね」

インベントリから取り出した鬼の尖角と5万ルルを手渡す。

所持金の半分だけど、惜しいとは思わない。

鬼の尖角に関しても私に扱いきれるかわからない以上持っていてもねぇ……。

だったらゲリさんの懐の足しにでもしてもらった方がいいわ。

「こんなにいいの？」

「うん、振り回しちゃったしね。思えば迷惑だったでしょ」

「思わなくても怖かったけど、今は楽しいからいいよ。なんかデートみたいだったし」

「はっはっはっ、ゲリさん女の人口説くの慣れてない？　どこが臆病なんだか」

「このくらいの軽口叩ける程度には仲良くなれたと思ってるんだけど、違ってた？」

「仲良くなれたのは事実だけど……ペットの散歩気分だったかな私は」

「それはそれで特殊なプレイみたいで……やべ」

「ん？　どしたの？」

「今の言葉ハラスメントコードに引っかかったらしくて運営からおしかりメール届いた」

「あら、気を付けないとだね。それじゃゲリさん、ありがとね」

「いやいや、こちらこそ町の案内でこんなにもらえて助かったよ」

「そう言ってもらえると気が楽だわ。じゃあまた何かあったらフレンドチャットなり、フレンドコールなりで呼んでね」

「いざという時は共闘も視野に入れてかな？　その時はよろしく！」

「こちらこそ」

いやぁ……愉快な人だな。

なお動画にする際にゲリさんにモザイクをかけるかという話をしたけど、本人は普通に映して大丈夫と言ってくれたので動画編集の手間が省けたと喜んでいたけど本人は後々掲示板で無茶苦茶いじり倒されたそうだ、南無。

あ、鬼のお兄さんとかオークさんはモザイクかけて誰だかわからないようにするよ？

さて、本題といきましょうか。

「ねぇねぇゲリさん？」

「ん？　どしたの？」

「ちょっと露店開くから手伝ってくれないかしら」

「と、言うと？」

「客寄せパンダ的なやつ、マスコットとかそういう感じで鎮座してるだけでいいから」

「んー、デスペナとかあるし……バイト代出る？」

「そうねぇ、売り上げの半分！　ちなみに以前はおにぎりとサンドイッチで10万ルル稼いだわ」

「のった！」

やはりお金、お金は全てを解決する……暴力の方が汎用性高いけど。

というわけで取り出したるは大鍋、リアルでもカレーとか作る時に使う寸胴鍋だけど見た目がそっくりだったので衝動買いしてしまった物。

素材が足りなくてなかなか使う機会がなかったけど、今回はゲリさん関係のアイテムでインベントリの中もほくほくなのよ。

「まずは、ドラゴンの血を煮込みます」

「あ、俺の血？」

「うん、美味しかったから」

濃厚なスープになりそうだなぁと思ったけど、日本酒の鯛出汁割りみたいな感じもあってカクテル顔負けの味わいなのよね。

「そこにドラゴンの角と鬼の角、出汁にちょうどよさそうだから」

「また俺の素材……」

「ドラゴンは余すとこなく使えるわね」

「捨てるところなしって鯛とか鯨みたいだね……」

あながち間違いじゃないし、昔は鯨が海のドラゴンみたいな扱いされてたって聞いたことあるけど語る必要はないかな。

「あとは具材にドラゴンテールと、角ウサギから採取した各種調味料で隠し味」

「あのウサギそんな存在だったの……？　食べられるために生まれてきた？」

黒糖っぽい味わいの角がいい塩梅で味を引き締めてくれるのよね。

そして酸味と苦みに薬草の風味を足すことでまとまりが出る。

「で、もう1つ用意しましたこのお鍋。マンドラゴラの薬効は水溶性という話を小耳に挟んだので丸ごと煮ていきます。土の中にいる時に刺したり、こうして鉢植えごと煮込むと悲鳴を上げなくなるらしいの」

「へぇ、初めて知った。まぁ俺には無縁の情報だけど」

たしかにドラゴンで、手が翼になっているとなるとマニュアル料理は無理そうね。

どちらかというとマンドラゴラで攻撃される側でしょうし、今後ゲリさんが鉢植えをインベントリに入れないことを祈りましょう。

じゃないと空から即死する悲鳴爆弾が降ってくることになる。

……気付いていないなら黙っておこう。

「で、更にもう1つお鍋を用意してオークからとれた油を温めます」

「揚げ物？」

「スープに入れる具材をちょっと揚げるの。唐揚げラーメンみたいなカロリーの塊ができて満足感あるわよ」

「ゲームなら太らないから安心して食べられるし、ゲージ回復にもなりそうだね」

「そうね。で、次は……」

調理キットから取り出した小麦粉をゲリさんにまぶす。

「ケホッ、なにを……」

「はい、具材どぼーん」

何か言われる前にゲリさんを油たっぷりの鍋に投入。

逃げようと暴れるのを頭摑んで沈める。

私もダメージ受けるけど気にせず、そのまま数秒抑え込んでいると動かなくなりゲリさんのから揚げ完成！

「最後に泥を落としたマンドラゴラと、ゲリさんのから揚げを鍋に丸ごと入れて完成！　特製カブっぽい何かとドラゴンのから揚げスープよ！」

「マスコットの扱い！」

あ、ゲリさんリスポンして戻ってきた。

「おかえりー」

「いや、おかえりじゃなくて！」

「約束は守ってるわよ？　まだ食べてないし、この後は私が調理されました的な感じでマスコットしててくれればいいから」

「生産者開示ならぬ食品開示はどうなの!?」

「ん、美味しい！」

苦情はともかく、味見をしてみると素晴らしい味わいだった。

品質は☆12、やはり10より上があったか……ならまだ上もあるのよね。

最上級の料理ってどんな味かしら……。

「汝、癒しを求める地にて罪を犯した。贖《あがな》うべし」

「え？」

ずっとこっちを見ていた英雄さんが、気が付いたら私の背後に立っていた。

そして小ジャンプから私の頭を掴んで油たっぷりの鍋に押し込まれ、そのまま窒息してしまった
……不意打ちとは卑怯なり！

というかお店！　急いで戻らねば！

そう思って走り出し、先程まで調理していた場所についた私を出迎えたのは意外な光景だった。

「美味いなこのスープ」

「コクがあるというか、味わい深い」

「俺の身体で調理されました」

そこには堂々と、自身のから揚げとマンドラゴラを温泉に浸かるおっさんさながらのポーズにしてスープを売るゲリさんだった。

「あ、おかえり。売り上げ好調っすよ」

「……やった私が言うのもあれだけどさ、ゲリさんって結構神経図太いよね」

「金になるならゲーム内で身体を切り売り位しますぜ」

「人間性……」

「ブーメラン」

「唐揚げ追加した方がいい？」

「すんませんっした！」

そんなじゃれ合いを見て、更にお客さんが集まってきたのは怪我の功名か、なお私の顔面から揚げもそのままの状態で残っていたが流石に見栄えが悪いのでゲリさんに頼んで燃やしてもらった。

流石に自分のボディを食べるのは……いや、1回くらいは味見してもよかったかな？

ねんがんの、ようふくをてにいれた。

ゲリさんに追加で5万ルル支払ったけど、それでもまだ結構残っていたから装備できそうな服を購入。

装備としての性能は高くないんだけど、帽子が手に入ったのが大きい。

つばの広い帽子だからある程度の直射日光を遮ることができるし、フレーバーテキストにも太陽光にお悩みのあなたにお勧めと書いてあった。

今の私はロングワンピースにジャケットを羽織り、白い帽子をかぶってブーツを履く、ファッションモデルのような恰好をしている。

そしてアクセサリーだけど、うっかり十字架を手に取って昇天しました……まさかこんなところでペナルティを受けるとは思わなかったわ。

まぁいいきっかけができたと思って一度ログアウトした。

リアルでご飯食べたかったしね。

その後はがっつり丼10杯食べて、デザートに素麺20束ほど平らげてから化けオンにログインして、ご飯の時間まではゲーム。

ログアウトしたらご飯を作りつつ、動画の編集とそれなりに忙しい時間を過ごした。

2日目、3日目も同じような流れではあったけれど、デスペナが消えたことで戦闘力を取り戻した私は強かった。

草原で狙撃してくる弓使いがいれば弾幕をかいくぐり接近して心臓を一突き、剣で挑んでくる相手がいれば両腕を切り落として血を飲み干して撃破、モンスターがいれば殺して使役して近隣のプレイヤーを蹂躙していった。

当然負けもある。

相性の問題だが、銀の装備を持っているプレイヤーや、炎属性の攻撃ができる相手にはあっさりと負けた。

また聖水を使った罠などを用いた戦術にはまってしまったときはしてやられた。

どうやら掲示板では私の話題が出ているらしく、対処法などが考案されては実行、戦果をあげれば有益な戦術として流布されていったらしい。

結果として私の勝率は最終的に五分五分に落ち着いた。

ペナルティを受けたりもしたけれど、なんだかんだでレベルは10まで上がったのでよし。

食材アイテムになりそうなものもいくつか手に入った。

逆に食材には使えそうにないけれど、トレードに使えそうなアイテムも多数手に入れた。

特に厳しかったのは2日目の終盤、私の種族は必要ポイントが多いからそれなりにレアなアイテムをドロップするということで集中砲火されたりもして、結構なペナルティを受けることになってしまったから。

それでも3日目は落ち着いたのか、比較的のんびりと過ごせた。

イベントといっても体験会のようなものかと参加者の気が緩んでいたのだろう。

4日目の朝、事件は起こった。

「この町にはびこる魔の者を排除する」

そう宣言する者が現れたのだ。

アイコンの表示からしてNPCであることは間違いない。

多くのプレイヤーがイベントが進行したと喜んだのもつかの間、4人のNPCによって町にいたプレイヤーたちは全滅した。

いや、正しくは人間の、バニラプレイヤーを除く化け物ビルドプレイヤーが全滅したと言うべきだろう。

1人残らず、瞬く間にだ。

彼らは荘厳な防具に身を包み眩いまでの剣を携えた少年、2本のナイフを自在に操る少女、いかにも神官らしい服装の女性、大釜でもあればまさしくといった風貌の魔法使いの4人組だった。

抵抗したのは言うまでもないことだけれど、私は早々にペナルティを受けることになった。

少年の剣が輝くと同時に、私は死んだ。

おそらく聖属性の武器、いわゆる聖剣というものだろう。

その力の一端を前にして敗れ去った。

復活したのは町の入り口ではなく、以前ペナルティエリアとして落とされた森の中だった。

後から続々とやってくる人たちから話を聞けば口々に答えた。

「あの男に切られたら一撃で死んだよ」

「魔法使いのねーちゃん、聖属性以外の魔法何でもぶっ放してきやがる……ありゃ勝てねえわ」

「神官のお姉さまに浄化されました……罵ってもらいたい」

「ナイフ持ってた女の子かわいいわ……あ、気が付いたら首と胴体が泣き別れしてたよ」

……たまに変な感想が混ざっていたけれど、要するに4人のNPCに化け物系プレイヤーは全滅させられた。

それが意味するところは全員が理解していた。

「糞運営がぁ！　レベル20の敵って人間かよ！」

「ありゃ俗にいう勇者とかそういうのじゃないかな……」

「そういやエネミーと書いてあったけど、モンスターって書いてなかったな」

「人間性を犬に食わせてるのは運営自身だったか……あいつら人の心がねえな」

そう、私たちの真の敵とは人間だった。

……と、シリアスに語ってみたんだけど実のところ悲壮感滲ませてる人は誰もいないのよね。

なんというか当然の帰結とも言うべきなのかしら、みんなどこかで納得している節がある。

そもそも運営の性格の悪さを承知でプレイしているんだから、この程度はあって当然と納得していた部分が大きいのよね。

同時に、こんなゲームに身を投じる人といえば結構な変わり者が多い。

変わり者というのは少し語弊があるかな、大なり小なり王道よりもわき道を好む系のプレイヤーというのかしら。

はやりのゲームみたいに冒険者になって、モンスターを倒して、仲間と強大な敵を打ち倒す……なんてのには飽きたヘビーユーザー。

むしろゲームに出てくるモンスターがどれほど恐ろしい存在なのかを知っているからこそ、そして堕ちた英雄さんのことを知っているからこそ、謎と共に普通のゲームとは違う冒険が楽しめると嬉々として乗り込んできた人が多い。

中にはゲリさんみたいに「かっこいいドラゴンになりたかった！」という理由だけで突撃してきた人もいるんだけど、そういう人ほど「無様に負けて諦められるか！　ドラゴンの本領見せてやるわ！」と息巻いてたりするからわからないわね。

ちなみに今朝はゲリさん、ログインしていなかったみたいなのでこの場にはいない。

フレンドチャットなどで町の外にいた化け物プレイヤーに注意喚起が行われ、一部の人は掲示板で情報共有を行っていた。

また人間プレイヤーと仲のいい人はスパイのようなことを頼んでいるようだが、大した時間を待たずにそのお相手がペナルティを抱えたままリスポン地点に飛ばされた。

そして、ポーンと間の抜けた音と共に運営からメッセージが届く。

【セーフティエリアが勇者パーティによって浄化されました。今後町の中は戦闘地区として扱われます。イベント中に勇者パーティを撃退することができれば大量ポイントゲット！　出遅れたと思っている方は頑張ってくださいね】

そのメッセージを見た瞬間、場の空気が冷え切った。

張り詰めたようなピリピリとしたそれは下腹部がキリキリするような重苦しい物、まるで初めて堕ちた英雄さんとエンカウントした時みたいな恐怖と共に、数多のプレイヤーの怒りを肌で感じ取ることができた。

「野郎ぶっ殺してやる！」

「運営涙目にしてやる！」

「勇者だかなんだかしらねえけど、初心者狩り先導した運営糞！　月額制だったらやめてるぞこのゲーム！」

「つーかさ、あの勇者倒したら聖剣ドロップするのかな」

「……ありえるな、他にも何かしらの方法で奴らの肉体を取り込んだりしたら新しい種族特性を得られるかもしれない」

「狩るか」

「狩りじゃゃ」

「ひゃっはー！　逃げないやつは勇者だ！　逃げるやつはよく訓練された勇者だ！」

とまぁ、この通り。

みんな多かれ少なかれ人間性を犬に食わせてるのよね、キャッチフレーズ通り。

ちなみにペナルティ抱えてここに飛ばされた人間プレイヤー側には勇者と協力して町を守り抜けというメッセージが届いたらしい。

はっはっはっ、やってくれるじゃないか……絶滅タイムだな、うん。

まだ町の料理食べ歩き完了してないんだぞ糞が……！


「作戦会議をしよう」

誰かが唐突に言い出した。

声の方向に視線を向けると先日倒した鬼のお兄さんが声を上げている。

「このまま町に戻れないとなるとこの場を拠点にしなきゃいけない。けれどここはモンスターも出てくる。はっきり言って危険だ」

「そりゃそうだが……あの連中をどうやって倒すっていうんだよ。レベルで負けて、装備の性能で負けて、属性も不利だぞ？」

「正攻法で戦わなければいい」

お兄さんに反論する言葉が出てきたけれど、別の方向からもう1つの声が上がった。

見たことない人だけど……私と同じ翼がある。

あれは夢魔かしら……男性だからインキュバスかな？

「俺は空を飛べる。ほかにもそういうプレイヤーは多いはずだから町の上空から大量に岩を落としてやろうぜ！」

「残念だがそれは無理だと思うぞ？　人間プレイヤーにとってはまだセーフティエリアである町は外部からの攻撃を無効化する何かがある。多分ゲーム的には攻撃が飛び火しないようにされたシステムで、設定的には結界的な何かだと思う」

「じゃあマンドラゴラ特攻はどうだ？　あれなら町中でも使える」

「町に近づけないだろ？　あのパーティだったら無双状態になって終わりだし、マンドラゴラでどこまでダメージ与えられるかわからん。時間を置けば回復されて、しかも俺達はマンドラゴラの悲鳴で一撃で死ぬから連続して声を聞かせるのは無理だ」

「じゃあこういうのはどうだ」

会議は踊る、というけれど本当にその通りね。

一見有益そうに見えるものから、机上の空論が過ぎる物までなんでもござれ。

そもそも私達はこの場に居合わせているだけの立場だから、連携を取ろうとしても無理がある。

ペナルティが解けた瞬間に後ろから刺されるかもしれない相手だということを忘れている人すらいる様子。

うーん、これは難航しそうね。

もしかしたらこのイベント、こういうのを狙っていたのかしら。

多分人間側も今何かしらの会議みたいなことやってるはず。

あっちはもっと酷いことになっているかもしれないわね。

連携して町を守ることを目的として設定されているけれど、あの勇者パーティの持つ装備やドロップアイテムは魅力的だと思う。

だからさっくりと不意打ちしてみたいなことを考えている人もいるだろうし、イベントに忠実に参加して勝とうとする人もいるかもしれない。

うん……これは案外使えるかも。

化け物を倒すのは英雄だけど、英雄を殺すのはいつだって民衆だと昔の偉い人が言った通りこういうイベントなんだと。

「人間プレイヤーに裏切りを持ちかけたらどうかしら。私達じゃ勝てないけれど、人間プレイヤーが断続的にマンドラゴラ使うなり、不意打ちで心臓や首、脳天をぶち抜くような攻撃ができたら倒せるかもしれないわ」

私の発言に周囲の人たちが固まる。

絶句、といわんばかりの表情をしているけどなにかしら……。

「それ、仲間割れ誘発しているよね。というか斥候していたバニラプレイヤーもここに送られているから難しいんじゃないかな。彼らにうま味もそんなにないし」

「直に暗殺狙ったり、こちらに情報流すようなことしたらいけないんでしょ？　じゃあマンドラゴラは事故扱いにできるかもしれないじゃない。それにうま味はあるわよ？　ドロップアイテムであの武器が手に入ったら……なんてのはみんな考えているかもしれないじゃない？」

「そりゃそうだけどさ……さすがに気が引けるというか、これでイベントに負けたら戦犯としてつるし上げくらうようなことをしたがる人っているかな」

「それは……いるんじゃない？　良くも悪くも目立ちたがりっているから。そうね、そういう人に心当たりがあってフレンド登録している人がいたら呼びかけてみてほしいわ。やって無駄になることもないでしょ？」

「まぁ、やるだけただし声掛けくらいはしてもいいかもな。誰か心当たりある人は頼んだ」

鬼のお兄さんの言葉に何人かが動き出す。

フレンドチャットでメッセージを送りつけているんでしょうね。

それにしても、このイベント人間に有利過ぎないかしら。

彼らは銀装備とかで私みたいなプレイヤー相手に有利をとれる。

もちろん銀弱点じゃないプレイヤーもいるから、そういう人にはあっさり負けたりしているけれど戦力として勇者パーティが加わっているあちらが圧倒的に有利。

だけどこっちはねぇ……レベル1桁、よくて10かそこらの人しかいないわけだからレベル的不利があるし、あちらの魔法使いは全属性魔法を使ってくるとなると何かしらのデメリットを積んでいる化け物プレイヤーの不利は言うまでもない。

甘く見ても7：3で人間プレイヤーが有利よね。

それを運営が良しとするかどうかという話をすると……性根の腐った化けオンの運営でもそれはしないわね。

良くも悪くも彼らは公平で、だけどその裏に含みを持たせている。

どう見ても片方の陣営が不利になるような真似はしないと思うわ。

「ねぇ、もう1ついいかしら。明らかに人間プレイヤーが有利な状況ってゲームコンセプトの破壊につながるからおかしいわよね。だとしたら勇者みたいな存在……魔王みたいなのが化け物プレイヤー側にいてもおかしくないんじゃないかしら。どこかに封印されているとか、勇者パーティに負けて弱体化しているけどこちらについてくれるとか」

「お助けキャラか……誰か心当たりはあるか？」

お兄さんの言葉にざわざわと困惑の声があちこちから上がる。

もしかしたら、という声も出ているけれどそれらしい情報はないらしい。

うーん、あちらは防衛となると……こちらにとって決定打がないと太刀打ちできないのよね。

「とりあえずなんだけど、ペナルティ解けたら東西南北それぞれを分担して捜索。それっぽい物を探してみるのはどうかしら。プレイヤー同士の戦闘はご自由にどうぞという感じで、イベントクリアに向けて個々人が勝手に攻略の糸口を探す。毎日朝昼晩……時間的には8時、12時、20時にここで会議をする形でそれも参加自由で」

「まぁそうだな……うん、他にできることもないだろうしそうしようか。お姉さん名前は？」

「フィリアよ。今ちょっと録画しているんだけどイベント終わった時に自分の顔を映してほしくないって人がいたら言ってね。その時は全体にモザイクかけておくから」

せっかくなのでちょっと宣伝しておく。

モザイクの件もね、了承えられない人が1人でもいたら全体モザイクは当たり前よ。

編集が面倒なのもあるけど、少人数にモザイクかけると逆に特定されやすくなるから。

「俺はレイジ、以前負けた覚えがあるけど合ってる？」

「ええ、あなたからのドロップアイテムは有効に使わせてもらったわ。同時に友好にも使ったけどね」

「だよねぇ、あの時は見事だったよ。とりあえずフレンド登録いいかな」

「どうぞ？　情報共有してくれるなら私も助かるから」

「俺も、フィリアさんからの情報は有益そうだなと思ってる節があるんだ。少なくとも向こうの内部分裂を狙うなんて平然と言い出せる精神の人はそうそういないから。いても発言するのはまず無理」

「なかなかの評価ね、期待に沿えるように頑張らせてもらうわ」

そう言って互いに握手を交わす。

……ビキッという音と共に指の骨が折られたわ。

笑顔でいる辺り、この人わざとね……意趣返しのつもりならこちらだってそのうちやり返してあげましょう。

ふふふ……。

ペナルティを受けている間に方針がある程度決まった。

まずノーム、土の精霊系の人を中心に北の山岳地帯を散策。

東はマンドラゴラの群生地だからスライムやゾンビみたいに心臓がないか、マンドラゴラが効かない種族が行くことになった。

私は西の森担当で、南の森は飛べない人が行くことに。

このペナルティエリアは東の森と南の森の中間くらいにあるから、移動速度の速い私たちが西に行くことになったのよね。

それとなぜか西のメンバーは私が中心になった。

ドライアドと飛行種族を併せ持ちしている人が少なかったから、というのが理由らしいんだけど……正直私植物からの好感度最低値だと思うから意味ないとは伝えておいた。

実際西の森についた瞬間謎の花から花粉吹きかけられたわ。

むしってやったけど。

「それじゃあこの先は各自自由行動で。私は森の奥目指すんで皆さんお好きなように」

パーティで行動するよりも安全を第一にということで、後ろから刺される心配をしないで済むようにと個別行動をとることにした私達。

この辺は飛んでいる最中に決めていたからみんな異論はなかったみたいで、好き勝手に移動し始めた。

こういう時パーティを率いてとか言われても私には無理だから、バトルロワイヤル制なのはありがたいわね。

みんながバラバラな方向に進んだのを確認してから私もターザンごっこを始めて森の奥に進んでいく。

このまま森を抜けた先に何があるのか知らないけれど、多分その前に何か見つかるでしょう。

そう思ってのことだった。

「……思ってたんだけどねぇ」

しばらく木の上を飛び跳ねて進んでいくと開けた場所に出た。

植生が変わってきたかなぁと思って下を見たら湿地になっていてそのまま進んだら木がなくなって湖が現れたの。

湖といっていいのかしらねこれ……向こう岸が見えないくらい広いのよね。

まぁそんなものなのかもしれないと思いつつ、一度高く飛び上がってから水深の深そうなところに向かってダイブ！

人魚の種族も持っているから水中行動もできるのよ。

何気に陸海空制覇しているわね私。

そういう風に作ったとはいえ、こんな風に使う機会が来るとは思っていなかったわ。

もともと魚取りたいとしか思ってなかった種族がこんな風に役立つとはね。

とりあえず泳いでいるけど問題なく呼吸できる。

普通に鼻呼吸ね、ちょっと水飲んでみたけど真水だからやっぱり湖かしら。

少なくとも海ではない様子、かなり深いところまで来たけれどまだ底は見えない。

吸血鬼の特性か、真っ暗なはずなのに視界はクリア。

便利ねぇ……でもこれ流水を渡れないデメリット持っていたら水の中に入れなかったんじゃないかしら。

あのデメリットは取得しないで正解だったわ……。

「ん？」

考え事をしながらも手足と翼を動かして水中移動を楽しんでいると底が見えてきた。

特に代わり映えしないというか、さらさらとした砂があるだけ……他のゲームだとこういうところに何かあるんだけどなぁ。

マップ機能も水中だと機能しないというか、湖の中のこの辺りということしかわからない。

水中の細かい地形とか見せてくれないのよね。

仕方ないから歩いて探索するしかないわね。えーと右見て何もない、左見て何もない、正面見てお魚泳いでたから捕まえて踊り食い、後ろ見てなにも……あったわ。

何か物体が存在したというのではなく、亀裂のような穴。

もっと深くまで潜れるということかしら。

近づいてみると大きな裂け目が存在する。今更ためらう必要もないので身を投じるけれどリアルでやったら二度と浮き上がってこれないでしょうね。

さすがに水中で魚踊り食いするような真似はしたことないし、ダイビング資格持っていないからこの深さまでは潜れないのよね。

そのうち取得も考えようとは思うんだけど、なぜか私が資格取ろうとするたびに友人から「生態系の破壊につながるからやめなさい」と止められる。

解せぬ……。

ま、それはさておき穴に入ってしばらく降下を続けているとどんどん穴が狭まってきた。

これは外したかなと思ったところで、小さなお社みたいなのを発見。

思わずガッツポーズをとってしまう。

こういうのは何かが封印されているものよね。

お社に近づいて、なぜか水中でもぴったりとその扉をふさいでいるお札に触れる。

その瞬間だった、私の視界が暗転してリスポンした。

……はいはいいつもの、ステータスから確認すると聖なるお札に触れたことが死因らしい。

やっぱりあれは何かの封印だったのね……。

「情報ゲット！　水中行動できて聖属性に強い種族募集！」

声を張り上げてリスポン地点で拠点のようなものを作っていた人たちに呼び掛ける。

町に戻れなくなってしまった、スパイ行動をした人とか暗殺を試みた人がこの場に拠点を作り始めていたのよ。

あとは今の私みたいにペナルティ受けた人なんかが休憩している。

ずぶ濡れの私が突然現れたことで驚いた人もいたみたいだけど、今はどうでもいいの。

「水中で聖なるお札で封印されたお社を発見！　打開策の可能性があるから水の精霊とか人魚の人いたら手伝って！」

「よっしゃ行くぞお前ら！　ちんたら森の中うろついてる連中にも声かけろ！」

「水龍だけど俺も行っていいかな」

「水中行動できるやつは聖属性弱くても行くぞ！　姉さん案内してくれ！」

よしよし、いい感じに人がついてきてくれそうだわ。

まぁ、この人数を引率するのは大変そうだけど……特に水龍の人。

子竜化のスキルを持っているみたいだけど、手足がないから蛇みたいに移動している。

これは私が背負っていくべきなのかしら……お札はがせそうにないし、水中での乗り物代わりになってもらいましょうかね。


はいやってまいりました、水中のお社。

道中水の精霊オンリーの人が木に吸収されかけたり、人魚のデメリットで乾燥に弱いを持っている人が干からびかけたり、水龍の人が寝落ちしそうになったりとトラブルは続出した。

水に入ってからは迷子になったりもしたけど、どうにかたどり着くことができたわ……。

なお水中では各々好きに動いてたし、私とか他の種族をいくつも持ってる人は純正の人魚や水の精霊ほど素早い移動ができないので水龍の人の背中に乗せてもらって移動した。

水龍で吹っ飛んだ人が何人かいたけど、どうにか全員無事……かどうかはともかくお社にたどり着けたわ。

「それじゃあ発見者としてわかっていることを報告します。あのお社は聖なるお札とかいう物体で封印されています。私みたいに聖属性に弱いと触れた瞬間死にます。はがしたときに何があるかわからないから聖属性弱点の人は離れた場所から見ていましょう」

私がつらつらと説明をして注意を促すと異論はないとみんなが頷く。

この場の代表者として水の精霊オンリーの人にはがしてもらうことにしたけど、その近くでは聖属性に強い種族の人たちがお社の様子を見守っている。

「ではいっきまーす」

そう叫んでからお札に手をかけた精霊の人、触れても何ともない様子でそのままべりべりとお札をはがしていった。

あれって破ってもいいのかもしれないけれど、道中で話し合いした結果アイテムとして持てるかもしれないということからはがすことにしたのよね。

なんなら強い武器として扱えるかもしれないという下心があったのかもしれないけれど、誰がもらうかというのは後で決めることにして、今はお社の中を探索することで動いている。

そうしているうちにお札が奇麗にはがされて、お社の扉が開いた。

同時に、近くで見ていた人たちの何人かが光の粒子になって消えていった……。

「え？」

誰かが間の抜けた声を上げると共に、フレンドチャットで「闇属性、邪悪属性に注意！」というメッセージがとんでくる。

今死に戻りした人たちはそれにやられたらしい。

「状況報告！　聖属性特化が全滅！」

声を上げると後方で控えていた聖属性弱点組がお社に向かって突貫していった。

うーん、聖属性弱点だと封印が解けないし聖属性特化だとお社の瘴気《しょうき》で死ぬ。

意地悪な仕掛けね……でも案外普通の仕掛けよね。

結構この手の意地悪は他のゲームでもあったし、そんな二番煎じみたいなことをやって満足する人たちかしら、この運営。

一応現場指揮官として待機していた私。しばらくすると聖属性弱点の人たちがお社の中から帰ってきた。

その手には1枚のお札。

そっと渡してきたのを手に取ると「はずれ」と書かれていた。

……ですよねぇ、なんというかあまりにもわかりやすすぎる罠だったもの。

とりあえず私もお社の中に入ってみるけど、これと言って変わったものはない。

強いて言うなら姿見鏡が1つ置いてあるけど、御神鏡といった様子ではないわね。

普通そういうのは丸い形で金属を磨き上げたものが使われるはずだから。

でもこれ、少し気になる。

そう思って手を伸ばした瞬間だった。

ずるりという感覚と共に鏡の中から引っ張られた。

抵抗を試みるも空しく、私は鏡に吸い込まれていった。

視界の端で私と同じように鏡に近づいてくる人たちが見えたけれど、手を伸ばしても間に合う様子はない。

舌打ちをする暇もなく鏡に吸い込まれた私は、さっきと変わらずお社の中にいた。

唯一違う点と言えば水中ではないということと、鏡にうつっているのが私じゃなくて他のプレイヤーたち……さっき鏡に近づいてきた人たちね、扉を叩くように鏡を叩いているけどこっちに来ることはできないみたい。

とりあえずコミュニケーションが取れるかなと手を振ってみると向こうからも振り返された。

見えているのね……フレンドチャットなどを開いてみようとしたけどこっちは無反応。

特別なエリアということでこういう外部と連絡とる手段は封印されているのかしら。

うーん、とりあえず辺りを見てみましょうか。

それにしても三重の罠だったとはね……邪悪属性特効、聖属性特効、そしてはずれのお札でこちらのやる気をそいだところに鏡の罠。

そうして来るはイベントエリア。

「……汝、魔の者なりや」

不意に声をかけられた。

声の方向に視線を向けると着物姿の女性……狐の尾が生えているわね。

9本の尾ってことは伝説の九尾の狐？

それなりの大物ね……。

「そう呼ばれていますね。プレイヤーという呼び方もありますよ」

「ふっ、遊戯者とはまた言いえて妙よな。某《それがし》は妲己《だっき》、この社に神として封じられた存在よ」

妲己……『封神演義』だったかしら、あまり詳しくないけど人肉ハンバーグが出てきたことだけは覚えてる。

「妲己様ね、封印されているというのは何で？」

「知れたこと。この国の民は力ある存在を崇め神として祭り上げることで本来の力を削ぐ。そうしたうえで社を作り、某の身を縛り付けたのだ。結果として某の力は忌々しいものに変質して土地を潤している……あぁ妬ましや」

「封印を解けばこの地は疲弊する？」

「その通りよ。しかし某には封印は解けず、某に近しい闇の力を持つ汝にも不可能……なれど方法がないわけではない」

「聞かせてもらえるかしら」

「汝、力を示すがよい」

唐突に、妲己は自らの尾を引きちぎってこちらに投げつけてきた。

その尾は1匹の狐となり、こちらに牙を剝く。

けれど遅い、狼よりは早いし、猿よりも小回りがきくのはわかるけれどそれだけだ。

手刀で首を討ち据えると血を吐いて妲己の下に戻っていった。

「一尾では相手にならぬか、なればこれでどうだ」

今度は一度に5本の尾を引きちぎる。

そのままうねうねと蠢きながら1つにまとまった尾は、先ほどよりも巨体となった狐が飛びかかってきた。

けれど今度は早すぎて反応できない。

とっさに身をひねったことで直撃こそ避けたけれど右腕をもぎ取られた。

「……やはり汝程度の存在では勝てぬか」

狐と向き合っているさなかで背後からため息とともに落胆の声が漏れたのを聞く。

それが私の負けず嫌いに火をつけた。

「やってやろうじゃねえのぉ!?」

右腕をもぎ取られたとはいえ、ゲリさんのときみたいに消失したわけじゃない。

傷口をつなげればすぐに動かせるようになるだろうと当りをつけて、今出せる最高の速度で狐に接近する。

そもそも腕なんて細かい作業するとき以外は使わなくてもいいんだよ！

ショルダータックル！　からの本場中国で齧る程度に教えてもらった二の打ちいらずのてつざんこー！

木製の床を踏み抜く勢いでぶちかましたそれを、狐は難なく受け止める。

というかほとんど効いていないように見える。

ちょっとイラっとしながらドレインを発動。

「がっ……！」

その瞬間だった。ドレインで吸収したはずのＭＰとＨＰが削られる感覚。

めまいを抱えながらもとっさに飛びのいて狐をにらみつける。

「生命力と魂の簒奪かの？　やめておけ、そやつは某の写し身、汝ごときの許容量ではすぐにはじけ飛ぶぞ？」

そういえばフレーバーテキストにそんなこと書いてあったわね……吸収量が私の持つ容量を凌駕している結果ダメージにつながったと……。

ドレインも割と欠陥が多いのね。

うかつに使えないとなると……やっぱり肉弾戦しかないわ。

暴力は全てを解決するのよ！

「しっ！」

右手を咥えたままの狐に接近して貫き手、それを飛ぶハエを見るような視線で眺めている狐に内心むかっとしながらも捉えたという確かな感覚。

その先に待っていたのは、まるで砂袋を叩いたような手ごたえだった。

今までどんな相手でも貫いてきたこの爪が、狐の毛皮に阻まれた。

その衝撃に一瞬頭が空っぽになる。

「ぐぅあ！」

思考の空白は明確な隙となり、狐の牙による一撃を左肩に受けてしまった。

このままでは右腕のようにすぐ食いちぎられることだろう。そんな考えが頭をよぎる中、心だけはどんどん冷静になっていく。

これ、現実で初めて熊に出くわしたときと同じだ。

あの時は山菜取りの取材だったっけ。ハンターの人と一緒に山に登って突然現れた熊に襲われて……そして命がけの殺し合いが始まった。

無我夢中で熊の首筋にナイフを突き立てたことは覚えている。

あぁ、なんか懐かしい。

時間がゆっくりと流れていくこの感覚。

狐が牙を使った、その結果私のちぎられていた右腕が宙を舞う。

あと数m移動すればそれに手が届くが、伸ばすべき腕は食いちぎられている。

残った左腕もあと数秒の後にちぎられる……ならばやることは1つだ。

「うおぉぉおぉぉぉぉぉぉぉ！」

ぶちぶちっという嫌な音と共に左腕が肩からちぎれる。

ダメージも無視して右手の切り口を落ちてくるそれに差し出し、ドライアドの蔦で固定する。

繋ぎ留められた右手を握って開いて、少しラグがあるけれど問題なく動く。

これならばあの狐を倒すこともできる。

爪が効かないなら打撃で挑む。そのためにはどうしても手が必要だった。

足は使えない。この狐相手にバランスを崩すようなことがあれば一撃で胴体が真っ二つになる。

そう考えてその巨体の弱点となるであろう腹部に潜り込む。

動物にとっての急所、毛が薄く内臓が集中しているそこに向けて拳を振り上げる。

「ぐげぇ！」

狐の悲鳴が聞こえる。

前足を振って、体を動かして、尾を鞭のようにしならせて攻撃してくるけれどその全てが遅い。

予備動作を見て避ける。そうしなければ狐以上に動きが遅い私の身体では避けきれないから。

何度も腹部を殴り、時に狐の攻撃をいなす。

作業のようになってきたそれがどれくらい続いたか……。

「あっ……」

私の集中力は限界を迎えていたらしい。

足元に転がっていたそれ、私の左腕を気付かぬ間に踏んでしまいバランスを崩した。

当然狐もそんな隙を見逃してくれる相手ではなく、そしてこれまでの打撃で相当な怒りを買っていたのだろう。

その牙が狙うのは私の首、くらえば間違いなく死ぬであろう一撃を前に私はなすすべがない。

今から飛ぶ？　だめだ間に合わない。

姿勢を変える？　そんな余裕はない。

牙をいなす？　肉体の強度が足りない。

ならば……やることは１つ。

「おらぁ！」

カウンター狙いの貫き手、毛皮でおおわれている部位には決して届かないそれも狙う場所によっては違う。

口内、その喉を貫くつもりで突き出した右腕。

そして同時に狐の眼と鼻に向けて突き出した触手。

どれでもいい、狐の攻撃をそらすことができるならば……などという生ぬるい考えではない。

これで決めるのだ、狐がどれほど強靱で、他のゲームであれば絶望的なレベル差があったとしても、この化けオンにおいて急所を貫かれて死なない存在はいない。

レベルは飾りと言われる所以《ゆえん》の1つだが、今ここでその賭けにでなければ意味がないのだ。

「かふっ……」

そんな声が、社の中で響いた。


「見事なり」

生暖かい物を全身で感じながら、そんな称賛の声を聴いた。

右腕を突き出した状態で硬直している私は、狐の一撃をぎりぎり受けることができた。

姿勢の問題だ。腕を突き出したからこそ首に来るはずだった一撃は私の上半身を飲み込んで胴体を真っ二つにする攻撃へと変化した。

だからこそ、攻撃のタイミングがずれた狐に対してカウンターを叩きこんだ私はその喉を貫くことができた。

残念ながら触手は眼球も鼻の穴も貫くことはできなかったが、むしろそれらがうまくいっていたら負けていたのは私かもしれない。

少しでもずれていたら私が食われていたのは明らかだ。

「写し身、主らの言葉で言うならばレベルは20ほどあっただろう。だが弱点となる属性魔法を使わずに倒すとなればレベル50に匹敵する。それを打ち取った主の戦い、実に見事だった」

「おほめにあずかり光栄です……とでもいえばいいですか？」

「そのような言葉は求めておらぬが素直に称賛しよう。見事な体術なれど五尾の前では無意味同然、必要なのは覚悟と冷静な思考、それを主は持ち合わせていた。某は主が気に入った、その狐の尾を喰らうがいい」

「はぁ……これを？」

地面に投げ出された狐の尾、５本あるそれのうち４本は妲己に戻っていく。

１本は私の手元にふわふわとんできた。

少し逡巡してから齧るけど、あまり美味しくないね。

狐肉が美味しくないのは知っていたけど、こうしてゲームでも食べることになるとは……。

それを知っていたから血を飲もうとは考えなかったんだけど、もっと言うならそんな暇もなかった。

ある意味舐めプしてくる英雄さんより厄介な相手だったわ……。

「お？」

ポーンという音と共にメッセージが届く。

【称号：妖狐を取得しました。種族に妖狐が追加されます】

ほほう……そういうイベントか。

「これでお主も狐の仲間入りよ。われら妖狐、神として崇められている某の力を得たことで一時的に聖なる力を無効化することができる」

「え？　聖属性を無効に？」

「うむ、とはいえお主はまだ一尾。最初に倒したものと同程度の力しか持たぬ。そうだな……主らの時間で言うならば10分といったところだろうか」

10分聖属性無効化……短いわね。

正直それで勇者パーティを倒せる自信はないわ。

「これって私1人？」

「ん？　力を得るだけならばここで試練を受けていけばいいだけのことだが……ある程度の邪悪性を持っておらぬとここにはこれぬな。外にいる者達では役者不足であろう。そもそもあ奴らには主が鏡に触れるまで入り口の存在を認識できておらなんだ」

「あ、見えてなかったんだ」

「うむ、さらにこの社が封印されている地は水の底に沈められ、更に聖なる封印が施されたと聞く。それらをかいくぐってきた邪悪なるものこそ力を得られるのだが……主と同程度の邪悪なものは多くない。またいたとしてもこの場にたどり着くことができる者も少ないうえに、試練を突破できるかどうか……世の衰退とは嘆かわしい物よの」

つまり、私と同じくらい聖属性弱点積んでて水中行動ができることが前提なのね。

他の場所でも似たり寄ったりのイベントがあると思うけど、どこもそれなりの条件があるんでしょうね。

まず人間プレイヤーには無理な……あれ？　待って、私見落としてることがあるわ。

邪悪性を持っているという言葉、これって英雄さんが言っていた悪の存在に近いってことよね。

だとすると人間でも悪に寄る、つまりゲーム的な言い回しをするとカルマ値の変動で邪悪な存在になることができるということ。

この仮説があっているなら、人間でもそのうち妖狐の力を得ることができるかもしれない？

「人間でも悪に存在が寄っていたらあなたの試練を受けられるの？」

「可能じゃ。だが人間ごときに後れを取ると思うでないぞ」

あ、やっぱりそうなんだ。

ただ試練の突破は私がやるよりもきついのかもしれない。

種族をガンガンに積んでいるからこそ、私は高いスペックを持っている。

今の私が銀装備でない人とまともにやりあうと一方的な蹂躙になるから、レベルを上げて装備を整えて挑んでようやくかしら。

そもそも腕をちぎられた時点で負け確定な人間じゃ難しいわね。

「ありがとうございます妲己様」

「よいよい、口調も先ほどのように砕けてよいぞ。某は暇を持て余しておるでな、たまに鼠の天ぷらでも持って遊びに来てくれるなら歓迎するぞ」

「そうね、ならその時は日の前で天ぷら作ってあげるわ」

「ほほう、作り立てとは気がきくのう。主にはこれもやろう、いつでもこの場に来れるようにしてある」

そう言って渡されたのは勾玉《まがたま》だった。

黄金色に輝いているそれは紐がつけられていて首から下げることができる。

アイテムテキストを読むと、妲己に認められた証でありこの場にいつでも来ることができる、ただし戦闘中などは使用不可能と書いてある。

なかなか便利なアイテムをもらったわね。

「それとこの場だが、お主の好きなように物を置いてよいぞ。蔵の代りにされるのは業腹だが、まともに人が住めるようにしてもらえるならば某としてもありがたい。いかんせん某を封じた者たちは気遣いが足らぬでな。座布団1枚用意しただけだったのだ」

「それは……酷いわね。今度お布団とか持ってくるわ」

「クカカッ、よい心掛けじゃ。試練の際には荷物を片付けておくでな、壊れる心配などせず良い物を持ってくるがよい」

あ、ちゃっかりしてるわこの狐。

さすが妲己と言うべきかしら、傲岸不遜な性格しているわ。

「さて、外の者たちも心配そうにこちらを見ておるわ。そろそろ帰ってやるといい」

「あ、そうね。そうさせてもらうわ。ありがとう妲己、今度遊びに来るわね」

そう言うと楽しそうに笑って見せた妲己を尻目に、鏡に触れると吸い込まれるような感覚と共に水中に戻った。

「戻ってきたぁ！」

誰かが歓声を上げた。

すぐにそれは広がっていき、水中でどんちゃん騒ぎのようにみんなが喜びを見せる。

鏡の向こうで妲己が眉をしかめている辺り、声は筒抜けなのかしら。

私が試練を受けている間は静かだったんだけどね。

「とりあえず諸々説明するんでここを離れましょうか。結構長い話になるわ」

そう言って、お社を離れてキャンプに戻った。

帰り道もそれなりに大変だったけれど、私たちの足取りは軽かった。

成果を得られた、という一点がみんなの気持ちを軽くしていたのだろう。

拠点に戻って情報を共有した。

まず妲己のこと。その情報を聞いた何人かはキャラクリをしなおして向かっていった。

まだレベルが10に満たない人たちだったからこそできたことなんだけど、しばらくしたら戻ってきたから試練の突破はできなかったとみるべきかしら。

いいところまで行けた人もいるみたいだけれど、妲己に認められるような人はいなかったみたい。

まだそれほど時間がたっているわけじゃないから何度かリトライして挑むつもりの人もいるし、試練の真っ最中という人もいるのだろうけれど……あれは種族を積んだだけではどうにもならないわね。

明確に弱点を突く必要があるけれど狐の弱点って何かしら……種族が追加されたとはいえデメリットレベルの上昇に関するアナウンスはなかったから、その辺りは未知数なのよね。

もしかしたら今私や、低レベルで試練を突破した人がキャラクリをリメイクしたら妖狐が持ってるデメリットレベルも判明するかもしれないけれど、既にレベル10を超えている私はお金がかかるからパス。

なんとなく聖属性弱点持ってそうだけど、今回はデメリットなしの素の状態で種族が追加されたと考えておきましょう。

こういうのは検証好きでお金持っている人に任せるに限るわ。

続けて聖属性克服に関する情報だけど、今は10分しかできないこと、加えて私1人だけということを伝えたらすごく落胆された。

そりゃね、私のデメリットレベルってある程度公開されているし炎に弱いのもドライアドの触手から見て取れる。

デメリットレベルというのはあくまでも目安、どこまで弱いかという話であって種族を選択した瞬間からデメリットは存在する。

吸血鬼も太陽光デメリットを入れなくても太陽光下では自然回復速度が遅くなったり、通常よりも聖属性に弱くなったりするらしい。

つまりドライアドはデメリットレベルを上げてなくても炎に弱いということ。

妖狐では炎まで克服することはできない。

ついでに生えてきたスキルに関しても、私にとっては使いにくい物だった。

まず聖属性克服の邪悪結界というもの。これは文字通り邪悪な空間を作って自分を守るものだけどMPという概念抜きにして10分という時間制限と24時間のリキャストタイム、つまり次に使えるまでの待機時間がある。

もう1つが狐火。炎を使うんだけど炎の精霊みたいな相手にも通用する闇と炎の両属性を持つ特別な魔法の類。

でも私がドライアドだから、使うと私自身がダメージを受けることになる。

フレーバーテキストでは「自らの魂に宿る炎を具現化している」と書いてあるんだけど、つまり自分自身の中にある力を具現化しているということだから、体の内側から発生する力ということなのよね。

結果発動のタイミングでダメージに変わるらしい。

普通に使いにくいのでしばらく封印安定。

それから他の、例えば北の山脈でも隠しエリアが見つかったらしい。

それも3つほど。

1つは毒の充満した洞窟の奥にある空間。毒属性無効の種族じゃないと近づけない場所で今はスライムとゾンビやスケルトンといったアンデッド系のプレイヤーがそこに向かっている。

次に山頂にある溶岩の中、炎の精霊が飛び込んで調べたらしいけれどこっちは1本の剣が刺さっていて触れた瞬間特殊なエリアに飛ばされて妲己の時みたいに試練を受けることになったらしい。

ちなみにそこにいたのは両面宿儺《りょうめんすくな》だったとかで、一瞬でみじん切りにされたと言っていた。

最後の隠しエリアは偶然見つかって、ノームのプレイヤーが片っ端から採掘していたら洞窟を掘り当てたらしい。

ここは特に何かが必要というわけではなく、奥に進むと開けた空間と厳重に封印された箱があったとかで持って帰ってきた。

私が触れた瞬間に死に戻りしたし、逆に聖属性に強い人が触れても死に戻り、ノーム以外の人が触れると死ぬし、ノームでは封印が解けない特別な仕様で打つ手なしという状態だった。

東の森ではマンドラゴラキングというのがいるエリアがあったらしいけど、パワー系のプレイヤーじゃなきゃ引き抜けないとかで鬼のお兄さんを中心に向かっていった。

そして引っこ抜いたら東の森全域にマンドラゴラキングの悲鳴が響き渡って、全員あえなく死に戻り。

その後確認に行ったらマンドラゴラキングは元通り地面に埋まっていたとかなんとか。

多分レベル20のエネミーの一角だと思うんだけど、スライムやアンデッドの力では引き抜けないらしいから相当意地が悪い。

南の森にはそれらしいものはなかったという話だけど、ある意味では安全が確認されたのかもしれない。

この場にいる人は半分以上がペナルティを受けてリスポンしてここにいる状態だから、探索する場所を入れ替えて行動することになった。

聖属性弱点で水中移動できる人は西に、毒と炎が平気な人は北に、力が強くて心臓を持たない種族の人が東に、残りは南の探索にということになった。

今の私達じゃ力不足ということだったんだけど、それが決まった瞬間にさっそく問題が起こった。

人間プレイヤーによる襲撃だ。

そもそもの趣旨がドロップアイテムの体験会である。

そして彼ら人間プレイヤーはイベントという体を成している今回、町の防衛手段として私達を攻撃した。

ペナルティを与えて町に攻め込むタイミングを減らそうという魂胆だったのだろう。

最終的に撃退こそできたけれど、ペナルティを受けた人が何人かいて探索に支障が出ることになった。

くしくも彼らの作戦はうまくいったということになるのよね……。

まぁ向こうがその気ならこちらもやってやろうじゃないということになったわけで、私を中心としたメンバーが町に攻め込むことになった。

「えー、今回の作戦ですがとりあえず聖女だけでも倒したいと思います。可能であれば勇者を打ち取ることも視野に入れつつね」

そう言って作戦の内容を話すのは黒い天使の翼をもつお姉さん。

聖属性に強い人と私の混成パーティなんだけど、勝てると思っての戦いじゃない。

さっき攻めてきた人間プレイヤーと同じ、ペナルティ覚悟で相手にも痛手を負わせることが目的。

だから作戦の内容もおおざっぱで、聖属性に強い人が私を囲んで人間プレイヤーを倒していく。

ちなみに私は勇者たちの範囲攻撃対策で潜入したらすぐに邪悪結界発動予定。

ある程度進んだらみんなバラバラになって潜伏する人も用意する。

勇者パーティが現れたら彼らと戦闘、ただし勇者は無視して聖女に集中攻撃をする手筈。

その間勇者と魔法使いは他の人が担当して、暗殺者はなるようになれという感じ。

ひゃっはーして帰るのがお仕事です。

怪我でも負わせることができたら御の字というレベルの、作戦とも言えない何か。

もはや確認するまでもなく、誰ともなく適当な返事を返していくうちに町の前につきました。

「それじゃあ行きますかー」

気の抜けた号令に、これまた気の抜けた返事を返すみんな。

士気は最低と言うべきだけど、あまり気にすることじゃないわよね。

先頭になればみんなそれなりに力を入れるだろうし、巣穴である町から勇者たちを引っ張り出して東の森におびき出せたら最高という思惑もある。

いざとなったらみんなで一緒にという作戦も含んでいるので、東の森では鬼のお兄さんたちがマンドラゴラキングの前で待機してる。

撤退方向、対応、逃げる役と囮になる役、その辺もしっかり分けられて、逃げ足の速すぎる私は囮側。

全員人間よりも素早い種族で混成されているからね。しかもレアなアイテムを落とすと評判のクラスばかりなので目がくらんだプレイヤーなんかは巻き添えにできるでしょ。

ちなみに私の場合通常ドロップが【吸血鬼の灰】【ドライアドの蔦】【人魚の鱗】【人狼の爪】でそこに新しく【妖狐の毛】が追加された。

レアドロップが【悪魔の魂魄】【夢魔の夢の欠片】【人魚の肉】【吸血姫の血】、ちなみに【ドライアドの蔦】は外れドロップとか言われてる。

精霊系は結構多いらしくて、強さとドロップアイテムの種類がしゃれにならないからギャンブルプレイヤーという評価を受けてたりする、解せぬ。

そんなこんなで町に突撃。

手筈通りに私を囲むように聖属性に強い人たちがいて、私は町に入ると同時に邪悪結界を発動。

これで勇者や聖女の範囲聖属性攻撃を受けても問題ない。

「ひゃっはー、人間は皆殺しじゃー」

物騒なことを言いながら突撃していく人たち。

「鴨がネギ背負ってきたぜ！　返り討ちにして素材採取じゃ！」

さらに物騒なことを言って応戦する人間プレイヤー。

うん、人類は愚か……。

「じゃ、手筈通りに」

「あいさー」

町に入ってしばらく突撃して、途中でわかれる。

私は単独行動で、他の人は各々勝手に動く。

勇者パーティをおびき寄せる人もいるけど、早々に負けたという内容のフレンドチャットがとんできた。

どうやら4人でパーティを維持しながら行動しているみたいで、誰か1人を撃破するのも難しいらしい。

まぁ……そういう相手だもんね。

ついでに情報としては魔女さんが闇属性魔法も使えるらしく、範囲攻撃で蹂躙されたらしい。

本当に厄介ね。まぁ攻撃力が高いだけで防御面はお察しというのが魔法使いの鉄則だけど……運営がどう考えているかよね。

化け物になるんだから人間はそれほど強くない。セオリー通り防御面はガバガバか、あるいは化け物を倒す英雄が弱いわけないと防御もガッチガチか。

前者なら隠密で暗殺という手段もあるけど、正直敵対したくないわ。

いかんせん炎の範囲攻撃撃たれたら負けなんだから。

聖女様に関して言えばこっちは他のゲームだと僧侶、あるいは僧兵ってところかしら。

守りを固めたうえで、回復するとみるべきよね。

少なくとも神様関連の相手とか、化け物にとっての天敵なんだから弱いとみるのがどうかしている。

勇者も同じく危険人物として認定、もはや語るまでもない。

暗殺者は斥候職かな、他のゲームで言うシーフみたいなの。

なんでもできるけど器用貧乏になりやすい系か、攻撃特化のアタッカーか。

アタッカーと考えると攻撃力に極振りしたパーティよね……漢探知《おとこたんち》、罠とか関係なくずかずか突き進んでいくタイプの探索をしているわけじゃないでしょうしそれなりに器用な方と考えるべきかしら。

もちろん戦闘力がないと侮るわけじゃないけど。

「お、餌発見」

屋根伝いに隠れながら移動していると1人で行動しているプレイヤーを発見。

単独行動は死亡フラグと学ばなかったのかな？

さっそくドライアドの触手を伸ばして首を掴み、そのまま吊り上げる。

ふははは、苦しかろう、今楽にしてやる。

心臓を一突きして光の粒子になっていくのを確認してからすぐにその場を離れる。

プレイヤーはフレンドチャットで敵の居場所とか、何やられたかを報告できるから厄介なのよね……。

まぁ今の私は色々隠している。

裁縫師のプレイヤーが作った粗雑なマントで正体を隠しているから、一目で弱点が炎だとばれることはない。

ドライアドの触手を体に巻き付けて、翼も体にべったりと密着させている。

ちょっと着ぶくれしているように見えるけど遠目には血色の悪い人間に見えなくもないかな……いや、やっぱり見えないわ。

どうやっても化け物側のプレイヤーだわ。

まぁ弱点が隠せるならそれでよし。

屋根の上を飛び跳ねながら次の獲物を探す。

不意に目にとまったのは1人のＮＰＣ、黒ずくめの服装で目を閉ざしているそれは紛れもなく堕ちた英雄さんの姿だった。

なんで町中に？　と思ったけどゲリさんと町中で会った時もいたっけ。

多分イベントと無関係のＮＰＣに攻撃したりした相手をサクッとやっちゃう系のお仕置きなんでしょうね……気を付けよう。

英雄さんからもらうペナルティはなかなか洒落にならないのもあるけど、イベント中のお仕置きは無効らしいのが救い。

それでもデスペナは受けるし、この場から排除されるというのが一番痛い。

とか思っていたら倒しても良さそうなの発見！

……ん？　あれもＮＰＣみたいだけど敵対アイコン出てる。

まぁいいや、なんか司祭みたいな服装してるけど後ろから近づいてさっくり。

そのまま離脱して、次の標的を……とはいかないみたいね。

「そこまでだ魔の者！」

勇者一行に出くわしてしまった。

実に運が悪い……。

「助太刀するぜ！」

そう言って現れたのは化け物プレイヤーさん、とそれが引き連れてきた人間プレイヤー十数人。

帰れと叫びたくなったのをこらえて、戦闘に集中する。

邪悪結界の残り時間は5分弱……どこまで行けるかわからないけれど勝負のタイミングは今みたいね。

狙いは聖女。勇者の剣が発する光を無視してそちらに突進するけれど聖女様はさすがの身のこなしというか、レベル20だけあって的確な動きで私の一撃を躱す。

でもね、狐に比べたら遅い。

そしてぎりぎりで躱したのもダメだったのよ、突き出した左手を横なぎにふるう。

それだけで聖女の首に切り傷が生まれる。

肉質も固いけれど、やっぱり狐ほどじゃない。

人間にしては頑丈なのかもしれないけれどその程度、そう思った瞬間聖女が発光して傷がふさがる。

なるほど、これが回復か。

「だけどね？」

敵の目の前でそんな回復をして、すぐに次の行動に移れるのかしら。

答えは否、狐火の時に知ったけれど魔法の発動直後は明確な隙ができる。

おそらくレベルを上げていけばその隙は緩和されていくのだろうけれど、狐との戦いでレベル13まで上がった私の前でそれは悪手。

7レベルの差がどれほどかと言えば、人間と化け物では同格になるくらいと言えばわかるかしら。

4人を同時に相手取るとなれば厳しい、というか確実に負けるんだけど1人を絶対に殺すという意思で動けばこちらも憂いなく、ためらいもなく動ける。

隙を晒している聖女の胸元、心臓を貫き手でつかみ引きずり出す。

同時に首筋に噛みつき、吸血行為を行いながら威圧感を出してみた。

「ふふっ、まず1人」

化け物らしさを演出するために血の雨を浴びてにやりと笑みを浮かべる。

このゲーム、ＡＩがかなり優秀みたいで恐怖の感情とかも煽れるから演出は大切。

勇者は呆然とした様子だけどすぐに怒りの感情をにじませてこちらをにらんできた。

魔法使いはわかりやすくおびえているわね。

表情一つ動かさない暗殺者さんはさすがと言うべきかしら……。

「狐火」

さて、せっかくだからちょっとしたブラフ。

そして今後のためにやるべき行動をとる。

狐火は前述の通り私にもダメージが入るけど、それは外からは見えない。

ジリジリとした痛みと共に火傷のバッドステータスが追加されるが、衣類の下のやけどであれば確かめるすべはない。

実際今回も痛かったし熱かったが、ローブで身を隠しているのもあってばれていないだろう。

だけどそれだけ、聖女に狐火を落として遺体を燃やす。

仮に蘇生魔法みたいなのがあったとして、復活されたら厄介だからね。

だから跡形もなく消し飛ばす。

もともと私の種族特性的に魔法も相当強いみたいなんだけど、覚えている魔法が夢魔の夢渡という寝ている人の夢から夢へ移動するだけの魔法なのよ。

レベル10になった段階で夢喰らいという、寝ている人へのドレイン効果を高める魔法を覚えたけど使ったことがない。

だってプレイヤーは寝落ちすると勝手にログアウトするから。

ＮＰＣに使う機会があるんでしょうけどねぇ……あとは死者呪転と呪魂摘出くらいかしら。

あ、それで聖女蘇らせたり魂奪ってもよかったかも。

まぁレベル差でだめかもしれないから燃やしておくのが得策かしら。

「ミレイ！　奴は炎を使う！」

「わ、わかったわ！」

勇者の言葉に魔法使いが詠唱をはじめ、勇者と暗殺者が同時に攻撃を仕掛けてくる。

これはかかったかしら？

聖剣の攻撃は当たりたくないから避けて、暗殺者の攻撃も毒がありそうだから避ける。

とにかく避けて、魔法使いがそれを出してくれるのを待った。

「ウォータースピア！」

そう叫んだ魔法使いさん、それもしっかりこっちの誘導に乗っかってくれたわ。

狐火を使ったことで火属性と誤解してくれたのか私にとってはたいして意味のない水属性魔法での攻撃。

人魚の隠し特性、水属性ダメージ軽減でデメリットを相殺できていると湖に潜った時に理解したのだ。

うっかりデメリット忘れてたけど、おかげでこういう隠し特性があることにも気付けたのよね。

それはさておき、咥えたままの聖女の亡骸を盾に最小限のダメージで済ませる。

ダメージの軽減はできたが、もはや弾避けにもできない段階で口を離してから目くらましのつもりで投擲、その勢いのまま勇者と暗殺者を無視して魔法に向かって突撃した。

止めきれなかった、そして避けきれなかった水魔法で左肩をえぐり飛ばされたけれど魔法使いの首に噛みついて食いちぎる。

「ひっ」

痛みが遅れてきたのか悲鳴を上げようとする口を押さえて、そのまま眼球に歯を立てる。

腕を噛み、首を噛み、頭を噛み、すぐに死んだのを確認して狐火で焼く。

勇者パーティの半分を撃破、作戦は上々どころか大成功の部類だ。

けれどまだ問題の勇者が残っている。

え？　増援の人？

人間プレイヤー連れてそのまま通り過ぎていったわ。

通りすがりがそのまま通り過ぎた。

「貴様……よくもミレイとアマンダを！」

「我が同胞を殺した男がよく吠える……貴様の仲間とやらを殺した某と汝で何が違う」

妲己の口調をまねて挑発してみる。

まぁこれに特に意味はないんだけど、勇者は挑発に乗るだろうと思った。

けれど違った。

「クレス、今は引くべき。こいつはやばい」

「だが！」

「ここで無駄死にするつもり？　世界を救うんじゃないの？」

「くっ……」

暗殺者の言葉に勇者は剣を収めて引こうとした。

させるつもりもなかった。

背を向けた勇者の行く手を狐火で遮る。

体内から炎が噴き出るかと思うほどのダメージ、もう狐火はこれ以上使えそうにない。

だけどね、それはＨＰを回復すればいいの。

マスクデータになっているから確認できないだけでね、回復する方法はあるのよ。

「捕まえた……」

勇者の肩を掴む、そして間髪容《い》れずにドレインを発動。

悪魔の簒奪スキルによって強化されている私を振りほどく力はないらしい。

邪悪結界の残り時間、12秒。

「ぐっ！　くそ！」

振られた聖剣を受け止めるために手を放してしまった。

ざっくりと、骨まで達する一撃を受けてあちらは有利と感じたのかそのまま押し切ろうとする。

「させない！」

邪悪結界の残り時間、残り８秒。

確かにこのままでは私は浄化されて死ぬ。

左腕がなくなり、右腕も動かせない。

だが口がある！

強大なパワーというのは使い方を誤れば自らを傷つける、けどどんなものも使いようだ。

口を大きく開き、更に限界以上に口をあけて自らの頬を裂く。

ミチミチという嫌な音を気にせず、口の可動域を広げ勇者の腕を両断するように食いちぎった。

そのまま今度は肩に食らいつきドレインを発動する。

「クレス！」

暗殺者さんの投擲したナイフが私の右目を抉り、直後には腹部にナイフを突き立てられた。

燃えるような痛み、炎属性か……即死しないのはドレインで回復を続けているからかもしれない。

どちらにせよ短期決戦しかなかったのだ、なら早々に決めるべきだろう。

「無様ね……お互いに」

勇者の喉、胸、腹部、眼球に突き刺さるものがあった。

私の触手だ、ドライアドの種族と共に得たこの触手、それが確実に人間の急所を貫いた。

邪悪結界の残り、３秒……慌てて聖剣を振りほどくとその先に暗殺者さんが立っていた。

触手の間合いから離れ、手にはナイフと光る……なんだろう、玉のようなものを持っている。

「…………名は」

「フィリア」

「覚えた、いずれ殺す」

そうつぶやいた彼女は聖剣と勇者の亡骸を抱えて走り去っていった。

私もこれ以上は無理だ。邪悪結界も切れて聖剣の残した光に当てられ浄化され、死に戻りした。

くっそ、あの聖剣ずるいわ。

勇者が持っていなくても抜き身だと聖属性ばらまくのかよ……あーもう、勇者の肉食べ損ねた！

あの暗殺者さんにも死体持っていかれたし……結局手に入ったのは聖女の心臓と、魔女の魔力というアイテム。

どっちもなんだかなぁという感じで、勇者からはドロップアイテムなし。

もしかしてあの状態でも生きてたとか？

だとしたら怖いわ……勇者怖い、近寄らんとこ。

そう考えてキャンプでふてくされていると花火が上がってファンファーレが鳴り響いた。

【コングラチュレーション！　化け物プレイヤーが勇者を撃退、町を取り戻したことで化け物プレイヤーにポイントが加算されます。なおこの後もイベントは続き、人間プレイヤーがポイント逆転のためのモンスターも登場予定です！　皆様引き続きイベントをお楽しみください！　なお化け物プレイヤーと裏切り人間プレイヤーのリスポン地点が町中に戻ります。町中がセーフティエリアに戻ります。皆様の活躍、期待しております】

……なんか気が抜けたわ。

周りにいた人に一声かけてから私はログアウトした。

すっごく疲れたからね……偶然の遭遇とはいえ勝てるとは思ってなかったけど、狐との戦いの感触が残っていたからどうにかなったようなもの。
集中しすぎたせいか頭痛がするし、今日はご飯たっぷり食べて寝ることにしましょう……。

【運営】化けオンイベント掲示板16【マジで死ね】

443：名無しの化け物
運営マジで糞、人間の心がない

444：名無しの化け物
それな、レベル20のエネミーとか書いてあったの確認したけど普通こういうのってレイドボスが出てくるものだろ？
そしたら勇者パーティ出てきて、化け物プレイヤー一掃
そんで国盗りゲーム始めさせられて……

445：名無しの化け物
でも楽しんでるんだろ？

４４６：名無しの化け物
まぁな、実際楽しい
俺は水龍だけどあちこち探索して隠しイベント見つけた時の高揚感やばかった
そのあと暴食さんがごっついバトル始めた時も手に汗握ったね、アバターに手ないけど

４４７：やわらかとかげ
あの人暴食さんって言われるの嫌がるからやめて差し上げろ
プレイヤーネームはフィリアさんだ、フレンド登録してある

４４８：名無しの化け物
お、とかげだ
フィリアさんね、そういや最初の動画でステータス欄にそんな名前載ってたな

４４９：名無しの化け物
お前イベント途中からいなかったけど何してたの？

４５０：やわらかとかげ
会社、爆発しねえかな

451：名無しの化け物
OKわかった、マジでお疲れ

452：名無しの化け物
あの人プレイヤースキル高いよな
高性能のキャラだろうに、全然振り回されてる感じがしないし

453：名無しの化け物
それ言えてる
俺最初水龍になった時レベル3の魚に食われたもん
あんなバトル無理だわ

454：名無しの化け物
あと人間性犬に食わせるどころか悪魔に売ってるレベル
このゲームの適合者

455：やわらかとかげ

踊り食いされた俺、その意見に深く同意

456：名無しの化け物
とかげ……食われたのかお前

457：やわらかとかげ
多分イベント終わりに色々動画出してくれると思うけど俺とのバトルもあるぞ
炎の精霊の特性で全身炎に包んだら腕千切って投げつけてきて、俺が出血して鎮火した
そのあとは傷口から血を直飲み、肉食いちぎる、翼食う、鱗食うなんでもありで振りほどけない
初手で眼球えぐってきたのも化け物ポイント高い

458：名無しの化け物
……敵対チームじゃなくてよかったです

459：名無しの化け物
人間プレイヤーの俺、無事首つりからの手刀で殺される
あの人一切の躊躇ないな

460：名無しの化け物
速報、イベント終了のお知らせ
正確には防衛イベントと侵攻イベントが終わって通常通りのバトルロワイヤルに戻る模様

461：名無しの化け物
まじかよ……この流れで犯人大体わかるんだが

462：名無しの化け物
噂の暴食さん、もといフィリアさんが勇者パーティの3人を倒して撤退させた
うち2人、聖女と魔法使いは跡形もなく燃やされた
勇者は全身触手で貫かれてたけど、その後フィリアさんも聖剣の光で浄化されて死んだ

463：名無しの化け物
助太刀すると叫びながら颯爽と参上した俺、人間プレイヤーに追われていて気が付いたら勇者パーティとは離れたところにいました

464：名無しの化け物
あの人さぁ……レイドボスパーティ1人で倒すとか頭のねじ吹っ飛んでる？

つーか運営もバランス考えろよと小1時間

465：名無しの化け物
それがな、一部の条件満たしたプレイヤーに対して隠しミッションみたいなのが出ているんだ
勇者を追いかけて倒す、町の防衛を固めて勇者に対抗する、勇者を見つけて救助する、町の防備を固める化け物の妨害をするなどなど
なんかそれらのミッションでポイントもらえるらしい
こっから逆転もできるとかなんとか

466：検証班
情報おせえぞ、今発見されてるのはその4つのミッションの詳細交えて7つ
・壊れた町の再建：条件は低レベルのプレイヤー人間化け物問わず、経験値も金ももらえる美味しいミッション
・負傷した人の手当て：条件は回復系魔法を覚えた人間プレイヤー、金のみだけど支払いがいい
・用心の護衛：レベルの高い人間プレイヤー宛て、金はトップクラスに儲かるけど暇
・下手人の捜索と討伐：今回のMVPフィリアさんを見つけて殺せという任務でレベルが15超えている人間プレイヤー宛て。一番不味いミッションでリスクとリターンが見合わない……ように見えるが聖水ぶっかければ死ぬので見つけることが出来たらラッキーと聖水持ち歩くやつ増発

・聖水を作れ：聖属性プレイヤー全員、上記の理由で聖水がバカ売れしてるから金払いがいい
・人間プレイヤーの討伐：化け物プレイヤーで低レベルな奴に発生、誰でもいいから人間ぶち殺してこいの壊れた町再建化け物版で経験値が美味しい、素材ドロップもいい
・謎の封印を破れ：条件不明、封印された何かを解放すること
基本的にこれらが発生している、１人が複数のミッション渡されることもあるけど条件がなぁ……

４６７：名無しの化け物
流石検証班、仕事が早い
つーかそんな情報ただでいいのか？

４６８：検証班
この程度はな、イベント中だし出血大サービスだ
文字通り出血したし

４６９：名無しの化け物
有能

４７０：名無しの化け物

これさ、フィリアさんログインしなかったら意味ないよな
あの人も社会人だから倒せるタイミングって限られてるんじゃないか？

４７１：検証班
それも含めて難易度高いからうまみが少ない
聖水とかで倒した場合アイテムドロップもドライアドの蔦しか残らんはずだから

４７２：名無しの化け物
ドロップシステムね……最初は斬新だと思ったけど変にリアルだから難しいよな

４７３：名無しの化け物
でも面白いシステムだと思うがなぁ
少なくとも俺は人間素材集めまくって錬金術でホムンクルス作る予定でいるから楽しみだ
ちなみに心臓が足りないので誰かください

４７４：名無しの化け物
（ﾟﾛﾟ）ﾍﾟｯ

475：名無しの化け物
お前の心臓抉り出せ

476：名無しの化け物
勇者から引っこ抜いてこい

477：名無しの化け物
この扱いよ……美少女ホムンクルスにするつもりだったんだがな
アイドル的なキャラを作って、町中で歌って踊ってもらうつもりで

478：名無しの化け物
よし、俺の心臓を提供しよう

479：名無しの化け物
いや俺のだ

480：やわらかとかげ
俺のでよければ使ってくれ

４８１：検証班
アイドルホムンクルスか……検証に付き合ってもらえるなら心臓だけといわずに何でも用意するぞ？

４８２：名無しの化け物
やだこわい……こいつら怖い……

第6章　踊り食いやめてください

BECOME A BAKEMONO ONLINE ~LET'S GO PHILIA~

……欲張りすぎたわ。

聖女を倒すだけでよかったのに、行けそうだから魔法使い倒して勇者を挑発して……集中しすぎた反動が来た。

ログアウトしてすぐに眠ってしまったわ。

頭がぼろぼろになって、泥のように眠るのはいつ以来かしら……。

中東で銃弾の雨の中をひたすら逃げ回った時、北欧で子育て中の熊と出くわしたとき、ロシアで遭難してトラを食うためにナイフ振り回したとき……そのどれとも違う気がする。

丸2日寝ていた……いや時間で換算したらもっと長い。

寝た時はイベント5日目でお昼ご飯を食べてなかったけど今はイベント7日目のお昼、10食も抜いたからかお腹がすごい悲鳴を上げてる。

このままだと倒れそうだからキッチンに重い足を引きずりながら進む。

鍋でお湯を沸かして何でもいいからあるものを突っ込んで茹でて食べた。

いやぁ……疲れたけどこの満足感よ……。

さて、久しぶりのご飯でお腹が急激に活性化したのかな。

「トイレ！」

全力で走ってトイレに向かう。足がまともに動くようになった！

それから数分後……体はしっかり調子を戻していた。

仕事と化けオン、どちらをやるべきかと考えた結果、イベント最終日だし参加しておこうと思ってログイン。

最後にログアウトした森の中に私は戻ってきた。

そして周囲には武器を構えたプレイヤーたち……えーと、この状況は何かしら。

「どゆこと？」

「あんたが勇者を倒した後にシークレットミッションってのが発行されてな。勇者を倒した下手人を倒せば経験値とポイント、ついでに金ももらえるらしいのさ」

「あー……」

まぁ、そうよね。

普通に勇者撃退した存在とか危険因子以外の何物でもない。

そりゃ指名手配くらいされそうね。

「たんま、こっちは本調了じゃないから持ってるアイテム全部渡すよ。ドラゴン素材もあるし、イベント中に手に入れたレアなアイテム……妲己のいるエリアに行ける装備もある。代わりに見逃してもらえないかな」

嘘だけど。

私に説明してくれた人の眼が泳いでいる。

おそらくフレンドチャットを見えないようにシークレットモードにして展開しているんでしょうね。

それで仲間と相談している。私に見えない後ろの人たちがコメントを打ち込んでいるのかな。

だとすると……。

「いいだろう、出してもらおうか」

「わかったわ」

やっぱりね、こちらのアイテムを全部取ってから殺せばいいと思っているんでしょう。

後ろから微かにだけど、きゅぽんという小さな音が聞こえた。

聖水のふたを開けた音ね、馬鹿な人……その瓶すごく割れやすいからそのまま投げればよかったのに。

まぁこちらとしては素直にインベントリを操作して……マンドラゴラの鉢植えを引っ張り出して抜き打ち！

その場にいたほとんどが死に戻りして、町の入り口に降り立った。

ふっ、ペナルティはつくけどこの程度問題ないわ。

「くそっ、騙しやがったな！」

「お互い様、そっちだって聖水かけようとしてたでしょ？」

「そりゃそうだが……いやまてよ、この場で聖水ぶっかければ……あ、なんでもありません」

そうつぶやいた男性の後ろでナイフを構えていたのは英雄さんだった。

堕ちた英雄さん、ずっと町の中にいたのね……セーフティエリアになっているからイベント中、町中でのＰＫはご法度なのよね。

ゲリさんから揚げにして怒られたし。

「汝、咎人なりや？」

「どうなんでしょうね、狙われているということは悪事の結果かもしれないけど、私にとっては生存競争の一環だったから」

「なれば汝罪はなし、されど汝は運命に従わねばならぬ」

「運命？」

なんか英雄さんが長文喋っているの珍しいわね。

「しかり、汝我が後をついてくるがいい」

その言葉と共に超速で走り出した英雄さんをどうするか考えていると、突然胸ぐらをつかまれた。

ゆっくり見下ろしてみると、英雄さんが青筋浮かべて私の胸ぐらをつかんでいる。

消えたかと思うほどの速度でいなくなったけど、そのままの速度で戻ってきたみたい。

周りの人はなんだイベントか？　とか、今がまさにイベント中だろ、とか色々好き放題言っている。

これはついていくしかなさそうね……だからその杭をしまってほしいわ。

「ついていくから、ね？　もうちょっとゆっくりお願い」

私の言葉に納得したのか英雄さんが杭をしまって先ほどよりもゆっくり、けれどとてつもない速さで走っていく。

うーん、目で追えるのと足で追えるのは違うんだけど、さっきみたいに見えないほどの速さよりはよっぽどゆっくりよね。

まぁ仕方ないので超低空飛行であとをついていく。

そして案内された先は南の森だった。

何も見つからなかったエリア、ここで何かあるのかしら……。

「待っていたわ、化け物」

「あなたは……」

思わず声を上げる。

そこにいたのは勇者一行の暗殺者さんだった。

「あなたに決闘を申し込む」

「決闘？」

「そう、あなたが負けたら聖女と魔法使いから奪ったものを貰う。私が負けたらこれを差し出す」

そう言って暗殺者さんが差し出したのは虹色に光る球。

私の中で何かが反応を示す。

それは食欲、紛れもなくあれを食べたいと、私の中の私でない何かが叫んでいる。

「……それは？」

「勇者の魂、これを食べれば勇者となれる。次の勇者を産むための道具であり、今の勇者を蘇生するために必要な物でもある」

「蘇生できるなら、勇者を直接ぶつければいいんじゃない？」

「無理、あの人は心が折れた。仲間を失うつらさに耐えきれず、そして意識を乱されていたとはいえ全力の状態であなたにあしらわれるように負けた。アレはもはや勇者とは言えない、臆病者となり果てた」

「あらら、それで私が次の勇者に？」

「違う、これはただの賭けの道具。お前が勇者の魂に選ばれることはないが、聖女と魔法使いの力を……そのためにも必要な賭け」

「あなたが、こういってはなんだけど勇者パーティをほぼ壊滅させた私に勝てると？」

あの時の大暴れでレベルは15まで上がった。

ただの力比べになったら、聖剣の力も仲間の援護もない暗殺者さん相手に負けるとは思えないけど……。

「人間のままでは勝てない、だから私は……」

そう言って暗殺者さんは黒いマントを羽織った。

「悪魔に魂を売った」

「へぇ……どこかで聞いた話ね」

ちらりと英雄さんを見るけれど何の反応もない。

「この身、この魂、これから得る全てを世界のシステムに組み込むことで私は人でありながら人を捨てる。決闘という言葉が嫌いなら、互いの持つものを賭けた殺し合いを挑む」

その言葉に、思わず口角がつり上がる。

あぁいい、実にいい。

食事とはそもそも命を奪うこと、そして奪った命を糧に今を生きること、今を生きて明日につなげることだ。

その覚悟もなく漫然と口に食べ物を運ぶ人間が大嫌いだ。

反吐《へど》が出そうな理屈をこねくり回す奴らが大嫌いだ。

だから、私は命をいただいているという意識と殺す覚悟を持つ人には敬意を払う。

この暗殺者さんはただのＡＩ、殺すということに忌避感を抱きながらもそれがなければ生きられないと知っている存在、あるいはそういう風にインプットされただけかもしれない。

だとしても、私は嬉しかった。

初めて意見の合う人が見つけられた気がした。

だから、両手の爪と触手を構えた。

「……化け物にこんなことを言うなんておかしいかもしれないけれど」

「言ってみて」

「ありがとう」

「……ふふっ、どういたしまして」

インベントリから聖女の心臓と魔女の魔力を取り出して英雄さんに投げ渡す。

暗殺者さんも同様に勇者の魂を英雄さんに投げ渡した。

それらを英雄さんが片手で受け取ったのを合図に、殺し合いは始まった。

触手による牽制、それが私の選んだ一手。

けれど暗殺者という職業故か、彼女の動きは機敏で無駄がない。

身のこなしだけで言えば勇者パーティの中で誰よりも鋭いと言える。

けれどこちらも無意味に触手を伸ばしたわけではない。道をふさいで相手の動きを制することこそが目的だった。

そのはずだったと言うべきかもしれない。

伸ばした触手、それに触れるだけでドレインの発動条件を満たせるが暗殺者さんはお構いなしに触手を足場にして私に近づく。

一瞬、足が触れた瞬間にドレインを発動させようとするが小刻みにステップを踏まれて不発に終わる。

やるわね……。

「しっ！」

暗殺者さんのナイフによる一撃を爪で受け止めようとして、僅かな光がナイフから発せられているのを見た。

まずい、と思ったときにはもう遅い。

聖属性と毒の二重攻撃、どちらも私にとっては致命的なそれが爪の先端を削り取る。

右腕がじわじわと毒に侵されていくのがわかるが、目の前の暗殺者さんに蹴りをくらわせて距離をとってから自分の腕を切り落とす。

最近自切してばっかりね……なんかそれも手段の1つとして割り切り始めている自分が怖いわ。

人間性を犬に食わせろがキャッチフレーズだけど、この感覚をリアルに持ち込まないように気を付けないと。

「やるわね……」

「あなたも、よく調べているわ。今の一撃は危なかったけど、なんで触手を攻撃しなかったの?」

「フェアじゃないから、というのはおかしい?」

「暗殺者なのに、と言いたいところはあるけれどそういうのは嫌いじゃないわ」

「そう、でも次からは狙う」

「私も、次を受けるつもりはないわ」

視線が交差する。

一瞬のタイミングを互いに見計らって数秒、じりじりと足を滑らせて立ち位置の調整をする。

聖属性は邪悪結界で防げるけれど、毒までは防げない。

むしろ結界を使う一瞬で決められてしまう可能性が高い今、それは使わないほうがいい。

あのナイフの聖属性は勇者の持っていた聖剣ほど強い力を持っていない。

聖剣クラスなら爪の先であろうとも触れた瞬間、私は死んでいた。

なら……先手必勝！

「はぁ！」

地面をけって暗殺者さんに肉薄、とっさにガードしようと腕を動かそうとしていたのを見て急ブレーキをかけてバク転で後ろに回り込む。

首をとった、そう思った瞬間だった。

私の眼前にキラキラと光る何かの欠片が舞った。

今更突き出した手を止めることもできず、その欠片もろとも貫くしかないと判断するのと触れるのは同時だった。

「ぐあっ！」

左腕が熱を帯びて炭化していく。

ぼろぼろと崩れていくそれは見覚えのある光景、ゲリさんに焼かれた右腕と同じだ。

弱点属性によって崩壊する肉体、だとするとあの欠片は聖属性か炎属性をはらんでいる？

……さすが暗殺者、手段を問わなければこれ以上厄介な相手はいないわね。

けれどただで負けるつもりはない。

「そこっ！」

両腕がなくなった今できる攻撃手段は限られている。

触手か、足か、狐火。

まず触手は使えない、暗殺者さんの速度であれば私を起点とする触手がどのような動きをしようとも懐に入られてしまうし、触手そのものを切りつけられるだけでも負ける。

狐火も今は温存、触手が切られたときに焼き切るのに使う必要がある。

ならばキック、執拗に足を狙った攻撃を続けるが暗殺者さんはそれを紙一重で躱しては私の肉体に傷をつけていった。

じりじりと、負けが近づいている。

「降参するなら、命まではとらない」

「はっ、冗談を」

「あなたの動きが鈍い、何かの重りを背負っているよう」

そういえばペナルティ受けていたわね。

「仮に、その重りがなかったとしても私は勝つ」

「できるかしら？」

「できなくても、やる」

「そう……だったら奥の手を見せてあげる。狐火：纏！」

レベルが15になった時に覚えた魔法というか、狐火のバリエーション？

レベルよりも熟練度の問題かしら、高位の魔法使いと聖女を焼いたから一気に狐火の練度が上がったのか発現した。

文字通り狐火を纏うのだけれど、私が使うとダメージがばかにならない。

だから存在しない部位……今は切り落とされてしまった両手をかたどるように狐火を操る。

傷口がじりじりと焼けて、このままでは死ぬだろうというのも理解した。

そのうえで暗殺者さんとの決戦を望んだ。

この手ならば、聖属性も毒も関係ない。

「いくよ？」

「いつでも」

互いに動いたのは同時、私の炎の腕が暗殺者さんの頬をえぐり、暗殺者さんのナイフが私の腹部に突き刺さった。

……あーあ、負けちゃったわね。

「あなたの勝ち……私はもうすぐ死ぬわね」

「……ぎりぎりだった、重りがなければ負けていたのは私」

「それでも勝つつもりだったんでしょ？」

「もちろん」

そう言って英雄さんに預けていた3つのアイテムを回収した暗殺者さん、その行方を見守っていた私は目を見開いた。

まず自らの胸にナイフを突き立てて心臓を抉り出した暗殺者さんは、傷口に聖女の心臓を埋め込んだ。

このままでは死ぬのではないかと考えていると、淡い燐光が暗殺者さんを包み込む。

癒しの光、聖女が使っていた回復系の魔法だ。

見る見るうちに胸元の傷がふさがり、土気色をして汗をかいていた暗殺者さんの顔に色が戻った。

続けて魔女の魔力と勇者の魂を、まるで卵を丸呑みするかのように飲み込んだ。

大気が震える、ドクンドクンと脈打つように、暗殺者さんが光に飲まれていく。

けれどその光は途中から黒い物に染まり、しばらくの後そこに立っていたのは堕ちた英雄とそっくりな格好をした人だった。

「……あとは、最後の仕上げをするだけ。私は力を得なければならないから……恨まないでね」

そっと手渡されたのは暗殺者さんの心臓。

それはすぐにインベントリに収納されたが、暗殺者さんの歯が私の首に当たると同時に食いちぎられた。

あぁ、食われるってこういう感覚なのね……そんなずれた感想と共に私は暗殺者さんの頭を触手で撫でながら死に戻りした。

それから数時間、ログアウトしてご飯を食べてログインを繰り返しているうちにイベント終了の合図が届いた。

暗殺者さんと堕ちた英雄さんが似ていたのはなんだろう、そんなことを思いながら私は順位を確認する。

上から見ていくけれど、知ってる名前がちらほら。

7位にゲリさんがいるけれど私の名前がなかなか見つからない。

そう思っていたら28位に私の名前があった。

どうやら勇者パーティや狐をどうこうするよりも、その後のシークレットクエストとやらの方が実入りがよかったらしい。

これは戦闘向きな人と、そうでない人の差を埋めるための救済措置も含んでいるのかしら。

熱戦を繰り広げた私としては多少遺憾だけど、まぁ悪くない。

もともと料理キットの上位版といくつかのレシピが手に入ればよかったんだから。

そう思いながらポイントを交換していく。

必要そうなものはあらかた集まったけど、ポイントが足りないものもそれなりにあった。

ただその上で1つ、どうしても欲しかったものを手に入れることができた。

簡易キッチンと名付けられているそれは料理キットの上位版、現状レアアイテムだけれど制作アイテムの完成度に関わってくるらしいから絶対に欲しかったのよね。

後は余ったポイントで○○コスプレアイテムというのを選択。

いろんなNPCの装備を手に入れられるんだけど、コスプレと付いている通り性能はないに等しい。

それでも見た目をそれっぽくできるということでそこそこポイントが必要だったけど、選んだのは英雄さんの包帯だった。

頭部装備に悩んでいたからちょうどいいのよね。

そんなこんなで、大分バタバタしながらイベントは終了した。

私はこれからログアウトして動画編集とブログの更新だ……仕事に追われすぎね、私。


ブログを更新して、分割した動画をアップロード。

ついでに物好きなクライアントに化けオンの情報を流して、今度はレポートに着手する。

化けオンについてのレポートなんだけど、どうにも力が入りすぎている。

味覚エンジンに始まり、ＮＰＣに使われているＡＩの性能が高い。

昨今のゲームではよくあることなんだけど……どうにもね、美味しすぎるのよ。

血の味をそのままに、なのに現実でなめる血よりも圧倒的なうま味と幸福感。

どういうエンジンを組めばこんな風に作れるのかとか、遺伝子関連にまで手を付けている可能性とかを主軸にね。

これがどういう意味を持っているかと言われると少し難しいけれど、より美味しいお肉がとれる家畜やうま味と栄養素を爆上げした農作物の生産が可能になる。

私にとっては嬉しい話だけれど、その手の産業関連者からしたらたまったものではない。

はっきり言ってしまうと、仮に遺伝子操作技術の実現であれほどの味を生み出しているのだとすれば巨万の富を得ることができるだろうというのは言うまでもなく、それをゲームのためだけに使っているという事実。

そしてこのデータが流出した場合に発生する畜産農産業に対する被害。

本来時間をかけて行うべきそれが、遺伝子操作で短時間で行えるとなれば今世間に出回っている商品、そして彼らの抱えている家畜や作物の価格は最低値まで落ちる。

その危険性を示唆する内容をまとめて、コネクションのある政治家に送り付けた。

私個人が抱えるには大きすぎる問題だし、クライアントやスポンサーに流したらむしろどんどん流出させろと言いかねない。

あと気になることと言えばあのゲーム、フラグ管理がどうなっているのかよね……。

なんと言うべきかしら……今回のイベント、私が美味しい思いをしたというか、他の人が遭遇していないイベントが多いと思う。

妲己は誰でも遭遇できるけれど、暗殺者さんのイベントに遭遇できたのは間違いなく私だけ。

想像でしかないけどフラグの1つは勇者パーティを壊滅状態に追いやることだと思う。

でもそれだけじゃない、圧倒的に鍵が足りない気がしてならない。

だとすると何かしら……私がゲーム内でとった行動、まずNPCを殺した。

敵対アイコンの出ていた司祭っぽい人、あれが何かのフラグだったとは考えにくい……あるとしたら今後だと思う。

じゃあ他には？　英雄さんの血を飲んだこと、世界の真実に触れたという称号、私の種族……いや、悪魔の種族かしら。

それらは誰でも得ることができる。

人間プレイヤーでできるかどうかはともかくとして、英雄さんを通して世界の真実に触れる称号を得る場合どうしても悪魔と接触することになる。

多分その時に悪魔の種族を得るのは確定だけど、それがトリガー？

だったらあのイベントは誰にでも起こりうる……本来想定されていたシナリオとしては複数人で勇者パーティを撃退して、あるいは撃破して、あの暗殺者さんが勇者として覚醒するまでのイベントがあったと考えてみましょう。

その場合私が独占していた聖女と魔女の力の源を得るために暗殺者さんが何かしらの形で動いていた……でも私相手には決闘という形で挑んできた。

なんで？　素直に暗殺しておけばよかったのに……いや、違うか。

それだとペナルティを受けていた私はアイテムをドロップしない。そもそもインベントリの中身を落とすという仕様はないからルールを決めた勝負やトレード、あるいは何かしらのスキルなりで奪う必要があった。

だからこそ決闘という手段を用いた、となれば説明は付く。

……この情報は伏せておきましょう、私がイベントを独占したと言われたら否定できないし悪評が立てばこちらも動きにくくなるわ。

せっかく美味しい物がたくさんあるゲームなのに、こちらの動きが阻害されたらねぇ……ＰＫで食べていくのもありだけど、それは普通のイベントに関わりにくくなってくるのよね。

ただでさえドロップアイテムが美味しいプレイヤーの１人として認識されてるらしいし、もっとあっちこっち行きたいじゃない？

「おや？」

そんなことを考えているとインターホンが鳴った。

んーお昼前に誰だろう、荷物の配達とか頼んでないんだけどな……。

二度目のベルが鳴ったので慌てて出る、ちゃんとチェーンは付けたままね。

「はいはい、どちらさまですかー」

「国家公安局の者です、伊皿木刹那様にご用件が」

「こっかこーあんきょく？」

えーと、確か私がレポート送った相手が所属している組織だったわよね。

なんだっけ？　国家の平穏のために暗躍する組織みたいなこと言ってたけど。

「一介のジャーナリストに何のご用件で？」

「こちらのレポートを受け取った三根《ミツネ》祥子《ショウコ》からの要請できました」

そう言って見せてきたタブレットにうつっているのは紛れもなく私が書いたレポートだった。

「いや、送ったの10分くらい前ですよ？　いくらなんでも……」

「早すぎる、と言いたいのでしょうがこちらとしては遅すぎたと言うべきです。化け物になろうオンライン、通称化けオンですがマイナーなゲーム故に見逃していたと言うべきでしょうか。あなたのレポートのおかげで危険性が判明したということのご報告と、相談に参りました」

「相談？」

「よろしければ、場所を変えても？」

「祥子さんが一緒ならいいですよ、そうでないならお断りします。これでも身の安全には十全に気を配っていますから」

「さすが、身持ちが固いですね。そう言うだろうと三根も想像していました、車で待機していますので今呼んできます」

「へぇ……」

祥子さん、意外と近くにいたのね。

あの人普段どこにいるかわからないから、こちらとしては指定のアドレスにレポート送りつけるばかりだったんだけど。

そしてレポートの内容に応じていくらか私の口座に振り込まれるシステム。最低額は100円で今までの最高額だと400万だったかな。

あれはたしか……海洋生物の分布図と生態系の調査に関するレポート、ついでに美味しい魚の調理法を記したレポートだったはず。

ちなみに出会いは北米の山中で珍しい食材を探しているときにばったりと出くわした。

詳しくは聞かなかったけれど、どうやら山奥に特別な研究所があったとかなんとか……その時は半信半疑だったけど、後日その山で大規模な爆発があって土砂崩れや雪崩《なだれ》が云々というニュースを見て本物だと理解した。

だって事前に教えられていたから。

ちなみにその時は口止め料として結構な金額をいただいたけど、ひと月の食費で消えた。

「おまたせー、せっちゃんお久しぶりー」

「あぁ祥子さん、本当にいたんですね」

「本当にいたのよ、最近はせっちゃんのブログ見ていたからあそこのマンションワンフロア借りて行動していたわ」

わぁ目と鼻の先、歩いて1分程度の距離にあるマンションに住んでいたんだ……。

「言ってくれたらご飯貰いに行ったのに……」

「うちの備蓄がなくなるから勘弁して？」

「冗談ですよ、それよりあのレポートそんなに危険ですか？」

「それ、聞くまでもなく理解しているでしょ？」

「まぁ……畜産農産業が潰れかねないですよね。そうなると国家規模で問題が起こるかもしれない、とは書きましたけど机上の空論ですよ？」

「それがそうでもないのよ、化けオンの運営を調査したんだけど一般企業とも言えないような人たちの集まりだったの。ほとんどインディーズよ」

「あのクオリティで？」

「逆にインディーズだからこそと言うべきかしらね……企業としての枠組みにとらわれない天才たちが集まって作ったと言ったら、どう思う？」

「それは……怖いですね」

枠組みというのは基本的に天才も塵芥も凡夫にするためのシステム。それがない状態で常識はずれな人たちが好き放題に作った作品となればとんでもない物体になる。

具体的な例を出すなら絵画や音楽、そこにいっさいの枠を作らず好きに作らせた結果心酔や崇拝とも言うべき程に魅了されてしまう人が出てくる。

決して悪いことではないけれど、問題はその感染。

得てして信仰というのは他者へと感染する。日本のハロウィンなんかはその典型かもしれない。

最初はただの子供のお遊び程度だったのに、いつしか新宿や渋谷を埋め尽くすほどの人が楽しむイベントに変わっていった。

この手の変化は急激で、コントロールが効かない。

化けオンが抱える問題はその変化、ゲーム内で美味しい食事をとり現実では食事を抜くというダイエットが問題になったのは以前も話した通りだけれど、化けオンの中で口にできる食べ物の味に感化されてしまったら。

多分普通の食生活では満足できないし、なにより人間すら食材にできるゲームだ。

最悪の場合犯罪の蔓延すらあり得る。

「わかってくれたならなにより、その件について話がしたいのよ」

「私に話をして、祥子さんにメリットってあるんですか？」

一介のジャーナリストができることなんてたかが知れている。

そうでなくても私は社会的信用度が低いし、できることも少ない。

「人手の確保かしらね、刹那ちゃんには化けオンの調査をお願いしたいのよ。例えばそうね……今後規制していくにあたって必要な情報を集めてもらったり、今プレイしているという吸血鬼の種族特性としてどれくらい血が美味しく感じるのかとかそういう部分。それらをブログには載せずに、毎週レポートとして提出してほしいわ」

「毎週ですか……ちなみにいかほど？」

「そうね、だいたい1万文字にまとめてもらって追加で2万文字まで許可、内容によるけれど1回の提出で最低これくらいかしら」

そう言って3本の指を立てた祥子さんの手を迷わず握る。

30万も貰えるのであれば喜んで飛びつくわ。

毎週ひと月分の食費が手に入るなら喜んでやらせてもらう外《ほか》ない。

「交渉成立ね、詳しく話すためにもうちに来てもらってもいいかしら」

「もちろんです！　と言いたいところなんですけど、そろそろお昼ご飯の時間でして……」

「そこは安心して、うちの部下が出前を用意したわ」

「ほほう……お店は？」

「近隣のお店、安いところから高いところまで、メニュー全部制覇」

「さぁ行きましょうか！」

ドアのチェーンを引きちぎって扉を開く。

ご飯があるなら行くしかあるまい！

しかも高いお店の料理もそろっているならなおさらだ！

「あ、相変わらずね刹那ちゃん……ドアチェーンの修理はうちで持つわ。それとＶＯＴ新調する気があるならこちらで用意したものを使ってほしいわ。味覚エンジンとかのフィードバックを数値化できるようになっている試作機よ。まぁ試作と言ってもいろいろ改修されて次世代機に近い性能になっているけれど」

「いいんですか？　絶対高いですよね」

「んー刹那ちゃんの1年分の食費くらいはするわね」

「あ、意外と安い……」

「安くないわよ……いや、普通のＶＯＴに比べたらだけど刹那ちゃんの本気の食費に比べたらだいぶ安いのかしら……」

「主任、こう言っては何ですが……伊皿木女史がそれほど食べるとは思えないのですが」

「三月《ミツキ》君、覚えておきなさい？　7つの大罪の暴食を具現化させた存在がいるとしたらこの子よ。ご飯をおごるなら絶対に食べ放題にしなさい、そして出禁を覚悟することよ」

「そんなにですか……正直今回の出前に関しても半信半疑どころか食材の無駄だと怒る部下もいたのですが……」

「無駄ね……多分追加用意することになるから覚悟しておきなさい、上が領収書を受領してくれるといいんだけれど……」

「既に200万近い金額が投じられていますが……」

「1週間彼女の食事に付き合えば吹っ飛ぶ金額ね。本気のせっちゃんはとんでもないんだから」

「……祥子さん？　さすがに暴食の化身なんて言われたら怒りますよ」

「ごめんね、でも私達からしたら……ねぇ」

「かわいく首をかしげてもダメです。こうなったら今日はお腹いっぱい食べさせてもらいますからね！」

「三月君、出前の追加、さっきの量の3倍お願いね」

「……はぁ、準備だけはしておきます」

まったく、もうとことん食べてやるわ！


「公安が動き出したよ、さっきうちに買収の話が来た」

大量のモニターに囲まれた部屋で1人の青年がつぶやく。

「どう返事した？」

「3億積んだら考えてやると答えたら5億持ってきた、ドルで」

「それで？」

「考えといてやると言って帰した、まぁ答えは決まってるけどね」

「だよなぁ、誰かに頭抑えられるのが嫌だから個人資産でやってるんだっての」

「それで、５億はどうする？」

「開発運営資金にすればいいだろ、自由に使っていい金なんだから」

「まぁな、それよりこのプレイヤー面白いな」

別の青年が見ていたモニターに、その場にいた十数人の眼が向けられる。

映し出されていたのはフィリア、暴食の異名を持つプレイヤーだ。

「勇者イベントを独り占め、妲己との好感度も上々で、英雄イベントの謎に触れた……面白いけれどちょっとやりすぎじゃない？」

「いやいや、このくらいがいいんだろ。物語には主人公が必要、オンゲは誰もが主人公になれるなんて言っているけど人生と同じで大半は十把一絡げのモブなんだ。俺は彼女が主人公にふさわしいと思うね」

「そうは言うけど、ある程度の公平性を保たないとゲームとして続かないわよ？」

「それはそうだ、ならこういう案はどうだ？　このイベントを週１回、短縮版として体験できるようにする。そこで条件を満たせば勇者関連のイベントにも関われる、実績は翌週に持ち越すこともできるようにするんだ」

「悪くないアイデアだな、だがその管理は誰がやるよ。俺たちみんな手いっぱいだぞ？」

「そんなん、うちの優秀なＡＩに任せてしまえばいい。こんなことに手をこまねいている暇はないからね」

「僕もシナリオ作るのに時間が欲しいんだけど……」

「今回金が入ったから多少の余裕はできる。運営にあたってもプレイヤーの数が伸びてきているからな」

「それはやっぱりあれのせいかな」

「あの女な……広告塔としてもいいかもな」

そう言って全員は再びモニターに視線を戻した。

これから始まるのは新しい地獄かもしれない……。


【踊り食い】化けオン有名人掲示板【やめてください】

119：名無しの化け物
今のところ有名人って誰がいる？

120：名無しの化け物
NPCだと町の入り口にいる衛兵のおっちゃん
教会のシスタークレイ
宿屋の看板娘リリィベル

１２１：やわらかとかげ
プレイヤーで一番有名なのは俺を踊り食いした人

１２２：名無しの化け物
暴食さんは有名人だろ
あとはとかげも結構有名だよな
レアエネミー扱いで

１２３：名無しの化け物
踊り食いは草
いや、あの動画見て食欲失せたけどさ……

１２４：名無しの化け物
人間性ドブに捨ててるの本当に草枯れる

１２５：名無しの化け物
元人間プレイヤー俺、暴食さんと二度と敵対したくないのでキャラリセしました

126：名無しの化け物
バニラプレイは辛いしなぁ……
でも装備次第では普通に勝てるから厄介ではないよな、あの人

127：名無しの化け物
装備というか聖水頭からかぶるだけでほぼ完封できる
ドライアドの蔦でドレインしてくるけど、それも動きが単調だからわかりやすい
本当に怖いのは不意打ちとゾンビによる集団攻撃

128：名無しの化け物
お前らにいいこと教えてやる
暴食さんは食材アイテムを渡すと見逃してくれる可能性がある
ただし既に食ったことのある種族とそのドロップアイテムによっては生存できる、不味かったら生き残れるわけだ
逆に美味しかった種族は踊り食いからのドロップアイテム行きだ

129：やわらかとかげ
暴食さんって呼ぶのやめてさしあげろ

あの人そのあだ名嫌いなんだってよ

130：名無しの化け物
結構な確率で食われるじゃねえか！

131：名無しの化け物
そういや動画ではとかげと仲良くやってたな
ゲリってあだ名は酷いと思ったが……さすがに酷いよなゲリとかげ
でもお前のから揚げスープは美味かったぞ

132：やわらかとかげ
そのあだ名もやめてくだされマジで
あの人には許してもお前らは許さん

133：名無しの化け物
つーかこういう時の検証班どこ行った？
有名人関連ならあいつこそ情報持ってるだろ
ただとは言わないから教えてくれねえかな

134：名無しの化け物
検証班はよ

135：やわらかとかげ
この前俺の心臓抜いていった検証班どこ行った？
レベル20になったから心臓集めとか言って通り魔してるのは知ってるけど

136：名無しの化け物
前に話していたホムンクルスか？
まじで集めてるのかよ……

137：名無しの化け物
検証好きな奴らで集まってギルドを作るって言ってたけど、今そいつらと一緒に色々作ってるらしい
ただどうしても死体人形しか作れないとかで、魂が必要だとかなんだとか騒いでたのは覚えてる
詳しくは本スレ行け【ＵＲＬ】

138：やわらかとかげ
そういや俺の鱗何枚か持って行ったなあいつ
リザードマンでも作る気か？

139：名無しの化け物
脱線してきたし話し戻すか、有名人スレだし
NPCのヒロイン組（おっさん含）はまぁいいとしてだ
プレイヤーだとゲリとかげことローゲリウスと暴食さんもといフィリア女史
他に候補はいるか？

140：名無しの化け物
プレイヤー個人ではないが検証班の話が出たからな
あのグループはまとめて有名人兼要注意人物でいいと思う

141：名無しの化け物
武道ゾンビさんはどうだ？
種族ゾンビオンリーで動きにくいだろうに徒手空拳で英雄さんと殴り合ってたあれ

142：やわらかとかげ
ヨガスケルトンとかも有力だろ
何をどう組み合わせたか知らんけど、炎吹いて腕が伸びるスケルトン

143：名無しの化け物
イベント中化け物グループ率いてた鬼の人はどうだ？
強くはないけど

144：名無しの化け物
武道ゾンビさんとヨガスケルトンさんは有名人入りでいいだろ
鬼さんはまだ未知数だからな……デスペナ有りの暴食さんにさっくりやられてたし

145：名無しの化け物
戦闘力だと相性もあるけど、そういうの度外視して暴食さんはプレイヤースキルがおかしいからな
あれと比べたらマジでやばい人しか集まらん

146：名無しの化け物
こんな際物ゲームやってる中で特にやばい人探すのか……

蠱毒って知ってる？
毒虫を壺に詰め込んで生き残った最後の1匹を使う呪い、その虫が俺達だ！
つまり最後に立ってた奴が一番やばい！

147：名無しの化け物
一番やばい奴はすぐに見つかるだろ
運営だよ

148：やわらかとかげ
まぁ……運営は人間性を最初から持ち合わせていないだろうな

149：名無しの化け物
ところであの暴食さん、イベントからしばらくログインしてないみたいだけどなにしてるんだろな

150：やわらかとかげ
この前リアルの仕事が忙しいって言い残して俺のモツ食ってログアウトしていったよ
次は鍋にするとか不穏なこと言ってた
逃げたい……

「ミレイ……アマンダ……すまない……俺が未熟なばかりに！」

勇者が地面に座り込み涙を流す光景、到底人様に見せられるものではないだろう。

だが仲間を失った直後とあれば、それも長らく苦楽を共にしてきた相手となれば致し方ない。

「なぁ……俺はどうしたらいい」

「なぜそれを私に聞く」

「俺は化け物共を一掃した。そう思っていたのに奴らは生き残り、そして殺された。仲間も失った！　油断なんかしていなかった！　全力だった！　なのに、たった1匹の化け物にミレイもアマンダも、俺も殺された！」

「弱者が強者を倒す方法はいくらでもある。相手の手の内がわかっているなら対策もできる。今回は相手が一枚上手だっただけのこと」

「だとしても！」

やり場のない怒りが彼の心を乱しているのはわかる。

だがそれ以上に……。

「ひっ……」

ガサリと音がした方を見れば草陰から角ウサギが飛び出してきた。

敵とも呼べない、農民でも対処できるような弱いモンスター。

いつもの彼ならば、この程度の気配は察知できていただろう。

物音がすれば咄嗟に剣を構えて対処しようともしただろう。

注意散漫というわけではない、それ以上の問題だ。

「……勇者クレス」

「なんだよ……」

「地道にレベルを上げて強くなる、それが勇者の本懐」

「あぁ、そうだな」

「手始めに近くにあるゴブリンの集落の攻撃を提案する」

「ゴブリン……あ、あぁ！　やってやる！」

森の奥地、私達が逃げ込んだ先で安全確保のための調査を行った。

その際に見つけたのはゴブリン共の小さな集落、数だけで言えば20匹もいないだろう。

普通に戦えばまず負けることのない相手。たとえ2人の仲間を欠いた状態であろうと、勇者はもちろん私1人でも余裕で対処できるものだ。

だというのに、今の勇者は腰が引けている。

目が泳ぎ、そして脚に力が入っていない。

あの化け物と相対して、そして化け物の本質的な恐ろしさを知ってしまったからだろうか。

連戦連勝、無敗、聖剣に選ばれし者、そんな肩書に満足していたのか死の恐怖と、そして本当にどうしようもない化け物という存在を知らなかったからこその今がここにある。

「クレス」

「なんだよさっきから！」

あぁ、これはもうダメだ。

普段の彼は温厚な性格ながら、出自からか粗暴な言葉遣いが目立つ男だった。

しかし勇者として選ばれ、相応の教育を受けてからは物腰も柔らかくなっていた。

だというのに今は化けの皮がはがれている。

取り繕う余裕もないのだろう。

死と恐怖に慣れていない人間の、典型的な姿としか言いようがない。

気配の察知を怠り、角ウサギの出現にすら対処できず、そして勇者を……人々の希望を演じることすらできていない彼はもはや器とは言えない。

私にはいくつも役割があった。

勇者の仲間として旅路を共にし、彼らをサポートすること。

勇者にできないような汚い仕事、例えばその称号を手中に収めようとする者の排除。

そしていざという時は勇者だけでも蘇生できる範囲で救出すること。

彼の命は神に守られ、死してなおその魂が肉体を修復して蘇らせる。

魔の者を殲滅するまで死ぬことを許されない、神の先兵にして駒。

私の最後の仕事をする時が来たようだ。

使うことのなかった最後の武器、ネクロマンサーの骨を削り、その血に沈めること10年。下法によって作り出された魂を奪う武器、それをクレスの心臓に突き立てる。

「なに……を……」

最後の仕事、それは勇者が勇者という役割を果たせなくなった時の道具だ。

仲間として愛着がなかったわけではない、人柄も好ましく思っていた。

だけど、私は私の仕事をしなければいけない。

「貴方はもはや勇者にふさわしくない」

「この……ひとごろ……し……」

彼の最期の言葉は罵倒だった。

そう、私は人殺し、幼くして化け物共に村を焼かれ、スラムで野垂れ死ぬのを待っていた所を国に拾われた存在、頬を伝う涙など許されない人間だ。

だがそんな悪党にもまだ涙なんてものが残っていたのには自分でも驚く。

聖女ならば無限の涙を持ち、人々の痛みに寄り添うことができただろう。

だが血に汚れたこの手は、この身体は、涙など枯れ果て誰かに寄り添うことなど許されないと思っていた。

なのになぜ止まらない……!

『女としての本能だ』

ふと、声がした。

あぁ、いつものだ。

聖女が神の声を聞けるように、私も人ならざる者の声を聞くことができた。

ただしそれは彼女と違い、悪魔のささやきだ。

力が欲しくば全てをゆだねろ。この世界の一部となることでお前に勝てる存在はいなくなる。

毎日、昼夜を問わず語り掛けてくる声に応えることはなかった。

それが初めて、私の困惑にまともな言葉を発した。

その時が来たのだろう。

「この身、この魂、この精神の全てを捧げる。だから私に力をよこせ悪魔！」

『いいだろう』

そんな声が脳裏に響く。

『これより貴様は世界に組み込まれる。老いることも死ぬことも許されず、人と魔の者に仇《あだ》成す存在を消して回る者。人の呼び名で言えば英雄となるのだ』

「英雄、魔の者すら守る者がか」

『然り。世界は天秤のようなもの。人だけでも、魔の者だけでも争いは尽きぬ。なればこそ両者の帳尻を合わせるのが貴様の仕事。手始めに力を得よ』

「待て、契約は成立したんじゃないのか。力を得られる契約のはずだろう！　なのに手始めに？　これ以上何をしろというんだ！」

『何事にも試練はある。さりとて力を与えぬとは言っていない。少なくとも、今の貴様はそこの男よりも強力な力を有している』

「クレスよりも……」

『然り。そしてその試練は貴様にとっても望ましい物であるだろう。聞けば自ら飛び出していくほどにな』

「聞こう」

『勇者を退けた魔の者を討て。そして聖女と魔女、勇者の力を取り込むのだ。この試練を乗り越えた暁には貴様は永遠に仲間と共にある』

「くだらない、暗殺者として育てられた私にそんな感情はない」

人を殺すための訓練、そして拷問に耐える訓練、延々と繰り返してきた地獄のような生活の中で仲間などという存在に対する感情は消え失せていた。

昨日まで隣で食事をしていた友人が、翌日には暗殺に失敗して殺される。

そんなのは日常茶飯事だった。

理不尽に村を焼かれ、家族を失い、拾われた先では毎日誰かが死ぬ環境で生きてきた私にとって死は隣人のようなものだ。

『貴様は全てを捧げると言った。故にその心の奥に閉じ込めたモノも見えている』

「なにを……」

『獣さながらの情動、生きることのみを考えて生きてきた。そう思っているのだろう。だが実際は違う。幼子のままの貴様が胸の奥底で泣き叫んでいる。殺したくない、死にたくない、戦いたくなんかないと』

『その隣で女としての貴様が望んでいる。愛しい男を殺させた相手に復讐したいと』

『傍らで暗殺者としての貴様は求めている。更なる力を』

『背後でお前自身が囁いている。その方法も、力も手に入れたと』

　いくつもの声が重なって聞こえる。

　頭の中で響き渡る不愉快な声、だが耳を傾ければ視界が広がっていくような、そんな錯覚を覚える。

　世界の広さ、その風景、多種多様な色合い、今まで私が見てきたモノクロの世界と違い美しく輝くそれは幼い頃に失い、忘れていたものだ。

「……捧げよう、この感情も」

『よいのか？　お前は閉ざしていた心を開き、そして取り戻した。それすらも捨てるというのか』

「幼子の私は胸を締め付ける。女の私は耳障りに叫ぶ。暗殺者の私は力に溺れている。そして背後にいる私は……お前自身だろう」

『ほう、気付いたか。しかし契約は成立している。ならばわかるだろう』

「お前に全てを差し出す。そして全ての私の願いを聞き入れる。そのためにはこの感情も、心も、邪魔になる」

『よかろう、我が名はサタン。憤怒の悪魔にして貴様の内に秘められた力の源。その全てを対価として認めよう。だが試練が終われば貴様は世界に縛られる。人の法などとは比べ物にならない強制力のある盟約に従う覚悟はあるか』

「今更だ」

『そうか、では試練を乗り越えた貴様には順守されるべき盟約が生まれた。悪のみを屠《ほふ》り、それ以外の全てを傍観する盟約、世界が貴様に求めるものだ』

「仮にその盟約に反したらどうなる」

『不可能だ。貴様にできるのはただ世界のシステムの1つとして動くことのみ。星が流転するように、潮《しお》の満ち引きのように、時が流れるように存在し、そして必要とあらば災禍となる。それだけの存在となる』

「随分と……」

大仰、そう口にしかけた。

いや違うのか、ただそういう【現象】となるのがこの契約、そして盟約なのだろう。

『手始めに場を用意してやろう。そこで力を示し、試練を乗り越え契約を完遂せよ。できなければ貴様の全ては我が手中に収まることになる』

「どちらにせよ対価は奪うのか」

『奪うのではない、捧げられたものを手元に置くだけだ。だが覚えておけ、貴様の村を焼いた悪鬼の如き存在は試練を乗り越えられなかった者の末路。ただの災禍となるか、それとも世界の一部となるか、それはお前次第だ』

「ならば成し遂げよう。愛しい人の、愛すべき仲間の、そして私自身の心の復讐を」

もう、声は聞こえない。

勇者の持っていた聖剣を手に取り、そして願う。

彼の魂を手にしているからこそできる偉業、勇者の身に許された力、己が望む形に聖剣を模《かたど》る能力。

私にふさわしい形、そして燃えるような感情を魔力に変換して上乗せする。

おそらく1日もすれば、この魔力は霧散する。

だがそれだけあれば十分だ。

熱を帯びた聖剣、ナイフのように小振りになったそれを片手で振るえば眼前の木は音もなく切り裂かれ、燃え上がった。

「……さようならだクレス。できることなら君と共にもっと世界を見たかったよ」

見開かれたままだった彼の瞼を下ろし、そして聖剣を突き立てた。

燃え上がる遺体、天に昇る煙は神の御許《みもと》へと導かれているように見えるのはただの願望だろう。

彼の魂はここにある。

そしてこれからは私と共にある。

「いや、そうだな。これからも共に世界を見守ろう。勇者ではないが、英雄という現象として」

涙をぬぐい、愛用していた短剣をその場に突き立てる。

墓標というには粗末なものだが、今の私にできるのはこれくらいだ。

代わりに小さくなってしまった聖剣を鞘に収め、森の外を目指す。

いつも通りの、だけど私情を乗せた仕事の始まりだ。
あの化け物は……あいつだけは絶対に殺す、そして仲間の力を取り戻そう。
みんなと一緒にいるためにも。

あとがき

BECOME A BAKEMONO ONLINE ~LET'S GO PHILIA~

お久しぶりです！

あるいは初めましてでしょうか、蒼井茜です。

小さい秋が馬鹿でかい夏に食べられた今日この頃、この本が発売されている頃はさすがに寒いと信じたいですね。

さて、久しぶりの書籍化と相成った『化け物になろうオンライン』ですが、某モンスターをハントするゲームでモンスター側になり生存圏の拡大などでハンター側に対抗するゲームとかあったらやりたいなという思いが形になったものでした。

皆さんは人外になるならどの種族がいいですか？

私はエルフでしょうか。とあるゲームが原因でハイエルフを本気で嫌いになりかけましたが、ハイエルフになってスローライフを送るのも一興！

……100年もしないで飽きそうですね、あの作品みたいに！

えーと、宣伝こんな感じでいいでしょうか、はい、もうちょいわかりやすく楽しく……はい。

あ、弱点無しの吸血鬼とかは憧れますね、お昼寝し放題で。

やはり長命種に憧れるのは人類の性……と思いましたが、メンタルよわよわな私は別離に耐えられないでしょう。

生まれ変わったら鳥になりたいな、あなたは？

一緒に鳥になってくれる人募集中です。

真面目な話をしますと、今作は私の性癖詰め合わせセットです。

いわゆる「いっぱい食べる君が好き」を書いていたら「いっぱい食べる君が怖い」になってしまった不思議。

濃縮した結果でしょうか。

各種キャラクターも基本的に私が好きな要素を詰め込んだ結果ですね。

キャラクターは作者の分身と言いますが、少なくとももどのキャラクターも私より有能で似ても似つかないとしか言えません。

なので理解とは最も遠い憧れを基に描いた物語というべきでしょう。

そんな私の近況報告といたしましては最近ＳＦにドはまりしています。

あの、赤い燃料探すロボットゲームとか、宇宙を飛び回りアーティファクトを集めるゲームとか。

この手のスペースオペラやロボット系とは違いますがＶＲＭＭＯもＳＦ、生きているうちに作られないものでしょうか……老後はバーチャル空間で大勢の妖精に見守られながら死にたいものです。

あるいは宇宙から地球に降下するシャトルの中でテロリストに不用意に話しかけて撃たれるのもいいかも……。

あとはこれも作風的にはＳＦ要素があると言っていいのかわかりませんが、カードゲームを幻影で楽しむアレ。

私も好きでちょくちょく遊んでいますが最近のパワーカードは凄いですね、まるで歯が立たない。

世代的にＨＥＲＯが大好きなんですが、なかなか難しいですね。

さて、私事もこの辺りで済ませるとして『化け物になろうオンライン』について本格的に語ろうと思います。

時代は22世紀を過ぎて半ばくらいだと思ってください。

世界情勢は安定しつつ、宇宙進出もそこそこに医療機器としてVirtual Online ToolことＶＯＴが開発されました。

もとは終末医療のための道具でしたが、リハビリ用、義手義足のシミュレーター、一般人向けのリモートワーク、ゲーム機械、ＰＣの代用品という進化を遂げてきました。

とはいえ高額な品物であることに変わりはなく、私達が使っているようなＰＣやスマホも健在です。

ただし仮想現実で衣類の試着などができるようになり、家具の設置なども仮想的にできるようになったため一般的な商店はかなり数を減らしてネット通販が一般化しています。

現代とは少し違う地球、都市開発はあまり進んでおらず過疎地などはそのまま。

神仏妖怪なんかが跳梁跋扈する世界ですが、大半の人はその事を知らずに生きて、そして普通に死んでいく。

そんな当たり前のことが当たり前にできる世界になってます。

そういう意味ではローファンタジーも含んでいると言えますが、その真価が発揮されるのは続刊が出たらという事で……。

まだ語りたい事はありますが、あまり長くなっても煩わしいでしょうしこの辺りで。

合言葉は「いっぱい食べる君が好き」で行きましょう。

今後も『化け物になろうオンライン』、通称『化けオン』をどうぞよろしくお願いいたします。

モデル体型のお姉さんも小っちゃいお姉ちゃんも大好きです！

EARTH STAR NOVEL

化け物になろうオンライン
～本日のメインディッシュは勇者一行です～

発行 —— 2023年11月15日　初版第1刷発行

著者 —— 蒼井茜

イラストレーター —— 茨乃

装丁デザイン —— 冨永尚弘（木村デザイン・ラボ）

発行者 —— 幕内和博

編集 —— 島玲緒　今井辰実

発行所 —— 株式会社アース・スター エンターテイメント
〒141-0021　東京都品川区上大崎3-1-1
目黒セントラルスクエア　7F
TEL：03-5561-7630
FAX：03-5561-7632

印刷・製本 —— 図書印刷株式会社

ISBN 978-4-8030-1867-7